# 不失眠旅馆

韩梅梅／作品

中国华侨出版社

图书在版编目（CIP）数据

不失眠旅馆 / 韩梅梅著. —北京：中国华侨出版社，2016.8

ISBN 978-7-5113-6272-8

Ⅰ. ①不… Ⅱ. ①韩… Ⅲ. ①长篇小说－中国－当代 Ⅳ. ①I247.5

中国版本图书馆CIP数据核字（2016）第210910号

不失眠旅馆

著　　者：韩梅梅
出 版 人：方　鸣
责任编辑：听　雨
产品经理：罗栋青　青　辰
特约编辑：胡瑞婷
封面设计：沐希设计
经　　销：新华书店
开　　本：880mm×1230mm　1/32　印张：9.75　字数：168千字
印　　刷：河北鹏润印刷有限公司
版　　次：2016年12月第1版　2016年12月第1次印刷
书　　号：ISBN 978-7-5113-6272-8
定　　价：36.80元

中国华侨出版社　北京市朝阳区静安里26号通成达大厦3层　邮编：100028
法律顾问：陈鹰律师事务所
发 行 部：（010）82068999　传真：（010）82069000
网　　址：www.oveaschin.com
E-mail：oveaschin@sina.com

你不会一直痛苦下去。

一只鸟，都会哪里温暖，朝哪里飞去。

何况人呢？

会有方向和出路的。

永远别低估自己重新开始的可能性。

# 目录

Contents

# 目录

Contents

# 1

一切都有迹可寻。

你永远不可能，置身事外。

■应璟，淘宝上有出售调查男友忠诚度的业务，好想去买一份，该这样做吗？

永远不要去考验你的爱情，因为它经不起考验。除非你想和他分手。如果他经受住了考验，你将会永远保守曾经去调查过他的秘密，那样，会很累。万一他知道了，又会怎样呢？

■应璟，他出轨了，但是理由多多，我该怎么办？

出轨，还是因为不够爱，爱是自愿的忠诚，怎么会忍心伤害你？即便遇见更好的人，也会克制的。如果彼此还有在一起的心愿，就沟通，珍惜，容忍，如果全是一堆理由，希望你早日放下，慢慢疗伤……

■应璟，他到底爱不爱我？我们曾经那么美好……还有一次……

不要太在乎别人是否在乎你。你只需要专心地向前走就可以了。爱你的人，会自愿陪着你。回忆这东西，不要紧紧抱着，它的美好，在于你偶尔的想起，而不是沉湎。

■ 应璟，从他离开到现在，我一眼没睡，也没有吃东西，我感觉没法呼吸了，往下多活一秒钟都那么困难……我该怎么办？

去洗个热水澡吧！很管用，然后穿暖和点，出去走走，我能帮你的，就这么多……别拖，放下电话就去做！别忘了带上伞！

这是电波里传出的声音。《谈书下午茶》，都市广播很受欢迎的节目，每一期，邀请一位作家来做嘉宾。

这一期，是刚出了新作《爱的正确打开方式》的作者应璟。

应璟戴着黑色耳机，在温柔的光线中，对着话筒，轻松和读者交流。

窗外，乌云压顶。

北京，已经提前亮起了路灯。

终于。

雨水在巨大的玻璃窗上划出一道道水线。

下午 1 点。

主持人在说告别的话语。

这次访谈结束了。

应璟摘下耳机。直播间外的一飞对她竖了一个大拇指，然后指了指自己的手表。

两个小时以后，她还有一个读者见面会。

电台主持人说完了再见，将调音台上的一个键推上去，陈升的《镜子》，在这个雨水飘摇的中午，响在了直播间，和一辆辆在雨中排队的汽车的收音机里：

你说你不能忘记过往

总是有些心里解不开的苦

就算是生命的窄门走了一回

抬头依旧满天的雾

应璟喜欢雨，雨让她心里安静。

像这样被堵在路上，因为雨的缘故，心情也就没有那么糟糕。她只是有点疲倦。

一飞开着车，伸手把收音机调小声了一些。他想和她聊聊。

什么时候开始写下一本？

一飞是应璟的出版人，也是朋友，一个干净又敬业的男人。

让我休息休息吧！写这一本，已经烦透了！

可是，书的销售趋势很好，最好马上开动第二……

真的很累，写不动了！应璟打断一飞，把头靠向车窗，世界上所有的道理，总结起来，不超过一千条吧，古今中外，男作家、女作家，都在写。翻来覆去，说来说去，就那些。有的道理，写出来容易，做得到难。你肯定知道，我书里写的很多东西，其实连我自己都做不到。比如，我教人好好生活，饿了就吃，困了就睡，可谁知道，我自己，却是个严重的失眠症患者呢……这个月不停地签售、读者见面会，你知道吗？我已经很久没有和倪楠吃晚饭了……

一飞不说话了。

沉默一阵之后，他说，那就先休息一段时间吧，想去哪里散散心吗？我可以让公司前台给你订票和酒店……一飞把车停进车位，在“字里行间”独立书店的门外，书店的墙壁上，挂着大幅的宣传海报，应璟在上面自信优雅地微笑。

哪里都不想去，就想在家陪陪倪楠……她一边说，一边拉下一飞的车镜，整理自己的疲态。

也好，哪天把他叫出来一起吃个饭！

好！应璟下车，疲态尽收，精神十足。

如果要给成熟一个定义的话，我认为，成熟的女人，一定是“理性的，让自己活得好的女人”！

一个成熟的女人，思考问题，说话做事，一定合理合情。

心理不成熟，不是一种病，但它会让你活得不好。

有的女人，四五十岁了，说话做事还像十岁的小孩，任性，不讲道理。遇事极端退缩，爱钻牛角尖，总是把抱怨的话挂在嘴上……

而一个成熟的女人，从来不会因为一点不顺心，就吃不下饭，睡不着觉。尽管有压力，但是没有“包袱”。她用友好的态度面对每一个人。她开朗、快乐，会主动安排自己的生活，走出窄小的天地，去学习、旅行，不断改变自己的旧观念和开阔眼界心胸。她情绪稳定，极少发飙。她知道什么时候该撒娇，什么时候该沉默。她非常善于听取别人的经验，然后来完善自己……

应璟在做签售前的演讲，侃侃而谈。台下的读者大多是女性，她们认真地听着，不时点头，微笑，鼓掌。

演讲完了，是提问时间。

对于各种各样的问题，应璟总是细心作答。尤其是，那些年轻姑娘的提问。

她也是从那个年龄过来的，年轻，总是伴随着各种困惑和迷茫，希望有人能指点迷津。而应璟心里却明白：没有人能真正地帮到她们，有时候，只有当一片混乱结束，或脸上的眼泪干了之后，一些生活的真相，才会渐渐地浮出水面。领悟，总是伴随着痛的。成熟，完全没有捷径可走，是要一步一步，一痛一痛换来。

签售的时候，读者排成了长队，应璟为每一位读者写下她的名字，签好后，微笑着说谢谢。

她的手机突然响了起来，是一个陌生的号码，应璟抬头寻找一飞，把手机递给了他。

一飞接过手机，走了出去。

几分钟以后，一飞回来了，脸色不是很好。

看着忙碌的应璟，他一下有点不知所措。

应璟还在签售，微笑着跟人合影。

终于，他鼓起勇气，走过人群，走到应璟身边。

他在应璟耳边说了句什么。

应璟抬起头，惊呆了。

# 2

人，生而脆弱无比。

很多温情，一去不回头。

应璟坐在空荡荡的病房。一飞也在，他在窗边。

沉默。

漫长，又漫长的沉默。

一个小孩，可能是病人家属，在走廊里玩着一个皮球，皮球在地上弹跳，滚了进来。

小孩怯怯地站在门口，不敢进来。一飞走过去，轻轻一踢。球滚过去，孩子高兴地抱走了。

他的举动，终于打破了病房里漫长的寂静。

应璟小声说：我从来不知道他有心脏病。

一飞坐到她身边。

应璟抬头：我该怎么办呢？

一飞知道，应璟和倪楠是大学同学，大一就在一起，彼此是初恋，毕业就结婚，从来没有分开过。

他也不知道，该怎么回答她，只是紧紧扶住了她的肩膀。

应璟把头埋进双手，轻轻问了一句：

难道，真的……就再也见不着了吗？

葬礼上，应璟极力保持自己的冷静，没有痛哭流涕，也没有呼天抢地。

朋友们都带来了鲜花，而不是花圈。她没有放哀乐，放了一首倪楠最喜欢的电影插曲。整个葬礼，就像是一次优雅体面的聚会。他们的亲人、朋友，都来了。好多人，已经多年未见。这样的相聚是残忍的。应璟的父亲也来了，他走到应璟的身边，抱了抱她，说：女儿，你必须接受！

应璟顿时泪如雨下，这句话，是一年前，母亲去世时，她对父亲说过的。

她抬头看着父亲，他比过去更黑更瘦了，头发剪成了时下最流行的短寸，还抹了发蜡，亮晶晶的。

母亲去世后，父亲突然决定开始跑步，一跑，就停不下来，很快减去了 30 斤体重。瘦下来后，他变得十分臭美，爱上了逛商场，买新衣服、新鞋、昂贵的香水。后来，又跑去美黑，每天去照人工紫外线，现在皮肤又黑又亮，完全变了一个人。

应璟还注意到，父亲身边，跟了一个陌生的年轻女人，正同情地看着她。

他又换女朋友了！她心里想。

虽然她的出现有些不合时宜，但应璟还是对那个女子点了点头。

告别仪式结束以后，应璟站在门口一一送走朋友。

一飞也过来了：任何时候，你都可以打电话给我！

应璟点点头。

应璟父亲带着陌生的年轻女人过来了，对应璟介绍说：女儿，这是好时。

应璟近距离地看这个女人，发现她非常年轻，应该就是跟自己差不多的年龄，穿格子衬衣和球鞋，有一双好看的眼睛，眉清目秀，此刻，仍然在用同情的目光看着应璟。

应璟也不知道该说些什么。

应璟父亲，似乎有话要说，又忍了忍，最终还是说了：有个话，也许不该现在说，但是，再不说，就有点晚了……我和好时，要在两周以后，举行婚礼，希望你能来。

应璟心里一惊，她把父亲拉到一边，带点责问的语气：这么快？

妈妈走了才一年啊！

场面有些尴尬。

父亲没有和她争辩什么，只留下了一句话，就带着好时离开了：女儿，你还有很长的路要走，但是爸爸老了，只想及时享受人生。

应璟来不及回应父亲，又来人了。

忙乱之中，一个穿西服的男人快步走过来，和应璟握了握手。应璟努力在脑海中寻找他的名字，却一无所获。

西服男子递上了名片，说：我是倪先生的律师，倪先生生前有些事情交代给了我，请你在方便的时候，来我办公室一趟。

应璟愣住了。她突然觉得，和自己一起生活了十年的倪楠，一下像一个谜团，有好多事她都不知道，比如，他有心脏病，比如，他有律师。

第一个晚上，是困难的。

有一种东西叫习惯。它碎了。

家里还是那样，一样的光线，一样的落地窗，一样的地板，一样的沙发，一样嘀嗒作响的闹钟。但是，一切，都在今夜之后，不一样了。

就连失眠，也不一样。

今夜的失眠，不是失眠。它无从命名。

睡觉，本来是人的本能，这几年却一直困扰着她。

睡不着，最可怕的，不是累，掉头发，脸色不好，焦虑耳鸣，而是时间长了，人会脆弱，会怀疑，怀疑自己所想所做的一切，怀疑经历的每一天，怀疑自己的身体有什么毛病。因为怀疑而恐慌。生活质量由此变得极差，每天到了黄昏，就开始紧张，担心晚上会睡不着。半夜三更，枕边人在酣睡，自己却要起来清醒地独自面对漫漫长夜。她曾去看过医生。医生让她练习专注。说全世界流行的“数羊”这样的对付失眠的方法其实讲的就是专注。医生的话，就和她时常在书里说的一样，但是做到好难，一不小心就走了神。数着羊，突然之间，注意力到了羊脚下的草原，或者后面的高山上去了。就这样走了神，又把自己拉回来，拉回来了，又走神。最后还是崩溃。

最后的最后，只能用吃药解决。

应璟没有吃药，坐在落地窗前，看着外面的城市和天空，看着它们一点点亮起来。

新的一天，又开始了。而对一些人来说，他们不再拥有。对应璟来说，即便往后还有无数个日日夜夜，但每一天，都将过得困难重重……她把眼神移向桌上的合影，那时他们亲密又愉快，快乐的时候，谁也没有想到，今天的来临。

曾经，他们是彼此生命的中心，让彼此感到温暖。

刚开始都是爱得发狂的。恋爱，刺激，心跳，没完没了的高兴。新婚，充满了兴奋。毫不怀疑地相信，这一切，将保持下去。发誓的时候，都是诚心诚意的，都是这么想的，以为自己能够做得到。

谁都料想不到，生活潜藏着危险的暗流。

命运，会以什么方式，要走你的幸福，谁也不知道。

每天都有事在发生，大多数事情，都是“小插曲”。但总有“大事件”在等着。谁也不知道，“大事件”真正发生的时候，自己是否能承受得起。

生活，总是在朝着让人意想不到的方向前行。

有时候，那个方向会让你备感幸福。

有时候，会让你更加孤独。

第二天，应璟拿着名片，来到一间明亮的办公室。

坐在律师的对面，她再次面对一个不敢相信的现实。

律师说：倪楠早就知道自己患病，所以找到我，把房子和大部分钱留给了你，但是，还有一笔钱，他留给了一个叫“小禾”的女孩。

应璟问：小禾是谁？

律师抱歉地看着她，递给她一封信。

倪在信里说：

我请求你的原谅。我知道，你有足够强大的心，完全能够自立生活，而小禾，没有我，她生活不下去……万一有一天……

应璟感到不可名状的慌乱，她有些冷。

律师把所有的文件整理好，递给她，礼貌又简洁地说：请您多考虑将来的事，多往前看！

这是安慰鼓励的话语，应璟觉得特别熟悉。她曾经亲口对别人说过无数遍。但是当一个人真的遇见了事，别人说什么，都是作用甚微的。

签字的时候，她手直抖。

走出律师大楼，她仍然冷得发抖。她很想回家去，泡进浴缸里，让自己暖和起来，但是还不能，她必须马上赶去参加另一个读者见面会。

她完全不知道自己是怎么走到活动现场的。一飞在帮她，告诉主持人尽量缩短时间。

她完全听从指挥，该做什么，就做什么，尽量不要做错。她的身体里，被一种像黑夜一样的东西覆盖着，无声无息，越裹越紧，不管现场的灯光有多么明亮，多么喧哗热闹，她都是一个坠入黑暗中的人，什么都抓不住。

她一点也不想说话，一点也不想和读者合影。脆弱和伤心一直在她体内上涌，她却要站起来微笑。这太难了。尤其是，越来越多的相机冲了过来，越来越多的手向她伸了过来，终于，她克制不住内心的抗拒，伸出手，把眼前的相机推开了。

那个拿着相机往前挤的女孩愣住了，随即噘着嘴向身后的男友撒娇。男友暴躁了起来："耍什么大牌！""以为自己多大腕儿！""从一开始就绷着个脸！""信不信现在就给你把摊子掀了？！"……

刺耳的声音不断传过来，人群一片躁动，保安从四方赶来，主持人在台上不停致歉。一飞保护着她，挤出一条路，把她带到车上。

你该吃一点药，好好睡一觉了。一飞握紧她的肩膀说，他对她没有任何责备。

她跌坐在车座上，抱起双臂，把头放在上面。

回家，请带我回家。她无力地说。

# 3

失眠。

应璟决定卖掉和倪楠在一起生活过的这个房子。现在，住在这里，她满脑子都是问号，对那个没有告别，就这样消失了的人，她有好多的话想问，但是他却无法作答。

这是一个温暖的房子，上下层，大窗户，简洁，木色。墙上的每一块瓷砖，地上的每一块木板、每一盏灯、沙发、洗手池、边柜、麻质的窗帘，都是他们一起去选的。别人装修总会冲突不断，他们似乎从来没有意见不统一过。客厅里摆着他们去各地旅行淘回的纪念品。他亲自为她装修了书房，在光线最好的那个房间，找到一位木匠，为她打制了一个极大的工作台。这么多年，他们从来没有养死过一盆植物。

现在，她唯一想做的，就是卖掉它。

卖房，对她来说是一个痛苦的过程。为图省事她找了中介，却仍然每天接无数个电话。一拨又一拨的人来到这个房子，带着审视的目光四处打探。因为房子比较大，看的人多，谈价的人少。

有一天，来了一个女孩，没有任何中介的带领，自己来的。

应璟拉开门，请她进来。

妙龄少女，脱俗的面容。很瘦弱，皮肤白得像雪一样，穿着一双精致的皮鞋，两只手紧紧抓住自己的背包。

不用脱鞋，应璟说，我带你上楼看看吧。

女孩说：不用了。

应璟回头，你来过了吗？

是的。

我怎么不记得……

是在你不在家的时候，在春节你回南方过年，或者外出签售……

你是谁？应璟站住。

我叫小禾。

应璟感觉自己的心脏，跳得厉害。

应璟不得不再次仔细看她：很瘦，眼睛漆黑，头发很大一把，扎在脑后。脸上有一种，鼓了很大的勇气来到她的面前、就算挨骂挨打也不跑的决绝。

请坐。应璟转身回到客厅。

小禾坐在了沙发上，手指交缠在一起。

是什么……让她可以放下恐惧，只身前往来索取她想要的东西？

你为什么要买这个房子？应璟问。

因为……我真的……很爱他……女孩落下两行热泪。

一阵刺痛袭击了应璟的心。她有些迷茫，现在的小女孩，都是这样吗？直接上门表达感情？

女孩哭的样子特别可怜，哭得她也想哭。

你知道他有家庭吗？

知道。但是，他真的，对我很好。女孩的眼泪还流个不停。

应璟更迷茫。

小禾缓缓地坦白说，她和倪相爱已经四年了。四年？应璟感到非常！非常！吃惊。

你们怎么做到的？四年？她不由自主地说出了自己的迷惑。这四年来，她真的一点都无迹可寻。她一直以为，他们的关系坚不可摧。

因为，我从来不在他回家的时候给他打电话，也不会发短信，我们也不在 QQ 上聊天，也不在空间里留言。属于你的时间，我从来不要求他陪我。我从来没有想过，要破坏他的家庭……

应璟哭笑不得。“属于你的时间……”“从来没有想过，要破坏他的家庭……”这些话，让她笑了。多么可笑的话语，多么烂俗的台词！然而，让她想哭的是，整整四年时间，在晚上从来不发一个短信、不打一个电话的第三者，是多么可怕？需要多么隐忍，才能做到？那么隐忍的背后，是怎样的感情？她再次在脑子里把四年时间翻搅了一遍。他们的事，仍然是无迹可寻。而且，记忆里，这四年，他们仍然相互关心，相拥而眠，虽然生活稍微有些平淡，但她一直相信“平淡相处，最是长久”——狗屁！

小禾说她是单亲家庭。父亲远离，母亲再嫁，她在奶奶家长大，青春期在寄宿学校度过。大学毕业以后，她去了倪楠的公司实习。实习结束后，做了倪楠的助理。天生缺爱、没有依靠的漂亮女孩子，走路，都是怯生生的，倪楠一个大男人，家里一个万事独立自主的老婆，这种弱小的东西，很容易吸引他的视线。一不小心，就被安排一起出差了，再一不小心，就眼神带动心跳，越试探，越冲动，就陷入了恶俗剧情。

他们在这个房间里，发生过很多的事情。他们在厨房里做过饭，在阳台上喝过茶，在床上睡过觉，她还弹过应璟的钢琴。女孩的叙述，让一种疼痛的感觉直达应璟肋骨深处。几天几夜未睡，她早已筋疲力尽。此刻，整个房子在她眼前晃动不已，耳朵里时而发出尖厉的响动。一个有着再宽广博大胸襟的女人，此刻也强烈地有了一种站起来，揪起头发，把她推翻在地的冲动。

她站起来，去倒了一杯水喝。

然后坐回去，沉默了一会儿。

你知道我这个房子要卖多少钱吗？等她觉得自己足够冷静了，她再次发问。

知道。

你有这么多钱吗？

倪楠给我留了一笔钱。

……应璟那种揪起头发，把她推翻在地的冲动又来了！

是什么让你这么有自信，确定这房子我会卖给你？她的声音不由自主地提高了。

因为你在卖啊！卖给别人都可以，为什么不能卖给我？我知道，我今天来，对您是一种伤害，但是，我真的也没有办法。他去世了，我什么都做不了，我甚至都不敢去参加他的葬礼。我又没有勇气和他一起去死！现在，我唯一能做的，就是买下这个房子……请你原谅我，请你同意吧！小禾也提高声调，越说越快，说完又泣不成声，眼泪一颗颗掉在地板上，瘦弱的肩膀不停地抖动。

应璟是个心软的人，如果换一件事，有人这样流着泪求她，不管是什么，她都会答应的。

荒谬！荒谬！她心里大喊。

她决定停止这样的对话。

她不说话了，任由她坐在那里把眼泪流完。

应璟离开了客厅。

这个年龄的女孩，这样做一点不奇怪。应璟开导自己说。她的确不是来挑衅她的，她的眼里只有爱情，只会是因为这个。她哪里知道，生活的洪流会将她推向哪里？她此刻的不顾一切，将来想起来，会不会觉得难堪呢？

她抱着一个纸盒子下楼，里面装了一些丈夫的物品。

对不起，这个房子我不能卖给你。这些，是他最喜欢的一些东西。你带走吧！

小禾的眼泪再次夺眶而出。

把东西递给她的那一瞬间，应璟闭上眼睛，泪水瞬间滚落下来。

每一天，都在失眠。

在落地窗前，看着天亮。

她感觉不到自己了。

承诺、信任、谎言，和真实。

一切标准。

全部崩塌了。

没有办法再相信更多。

人可以承受太多，脆弱、恐惧、疼痛。

但很有可能死于迷惑。

过去，她从不想真相。以为只要自己纯粹，就活在一切真相里。所谓真相，原来都是幻象。信宿命的人，最终，什么都无法拥有。

媒体已经炒翻了：畅销书作家耍大牌，和读者打起来了。

网友们喜闻乐见：

早就知道她是那样的人。

必须站出来给我们一个说法！

看她那个样子就知道，假惺惺的，敢打衣食父母，大家联合起来，拒绝买书，一生黑！

……

不停有电话打来，有的是记者，有的是出版商，还有催她写稿的杂志社。

还有一个专栏，明天就该交稿了。她却一个字都写不出来。

只是两周的时间，因为食不下咽，她迅速地瘦了。

每天的失眠，让她像一个溺水的人，在抢最后的那一口空气，有可能下一秒，就沉下去。

应璟把家里收拾了一番，然后换了一件套装，去参加父亲的婚礼。

阳光穿过树叶，洒向大片的草地。绿意盎然。

大型的婚礼，红地毯、鲜花拱门、香槟塔、泡泡机、小提琴手、专业的主持人，一样都不少。父亲的朋友们都来了，其中有好多打扮时髦的老头老太太，气氛十分欢乐。

父亲骨架很大，穿上礼服精神抖擞。好时戴着头纱，小鸟依人地挽着父亲的手。

父亲在婚礼上对众人说：好时，是生命给我的一个礼物。我要好好感谢她！珍惜她！

掌声响起。

应璟却笑不出来。她想到的是自己的母亲。

自从母亲去世以后，她成了一个彻底自由的人。

再也没有人在她做任何选择的时候，提出各种“别冲动”、“荒唐”、“幼稚”、“谨慎”的建议和评价了。她的父亲被管了半辈子，获得解脱，所以，他更不想管她，一切自己做主。他自己，也想好好享受享受自由。但是，谁也不知道，这自由背后的心痛。

婚礼结束，应璟走上去，紧紧拥抱了父亲，然后就匆匆要走。

父亲在身后喊：喂！你吃了饭再走呀！

不了。

那，吃块蛋糕！这个蛋糕是专门定做的，奶油特别好吃。父亲又追上来。

我吃不下。

为什么？

为什么？应璟转过身，有些按捺不住想哭的情绪，爸，是不是当你欢乐的时候，就不允许别人难受？你弄这么大排场，所有人就必须跟着你开心，陪着你笑？

这是……在倪楠出事前就定好的！……父亲想上前扶住她的肩膀。她却闪开了。

应璟做了一个阻止的手势，别！别说这个！今天是你的大日子！提他做什么？这不是时间的问题，这是你自不自私的问题！妈走了，你找女朋友，我不感到意外，你要及时享受人生，结个婚，娶个小绵羊一样的新夫人，我也可以理解。但是有必要搞成这样吗？让所有人都看着你，羡慕你？低调点幸福行吗？你和妈当年，照婚纱照了吗？

吃蛋糕了吗？办婚礼了吗？她越说越激动，近乎于吼了。

所有的客人，都朝这边看。

那时候……条件不允许！父亲像个做错了的孩子，低下了头。

我发现，你真的是，太任性！不管不顾！只图自己快活……你让人感到难受，爸爸！……说这个话的时候，应璟的视线变得模糊，在模糊的视线里，父亲双手垂落，颓丧而苍老。

应璟！好时走了过来，用一种警告的口吻喊了她一声。

我不打扰你们了！爸，你多多保重！再见！

她抖得有些厉害，转过身，握紧手里的包，一步一步走远，直至什么音乐声都听不见，一股热辣辣的泪水早已涌满眼眶。

此时此刻，她最想做的事情，其实是扑进父亲的怀里，痛哭一场。

应璟走进位于东三环的一家豪华酒店。这家酒店 30 层有一个漂亮的楼顶花园。在过去的很多时间里，她时常约人去那里看夜景，谈事情。

在电梯口，她被一个服务生拦住索取名片，说是可以参加酒店周年庆抽奖活动。

应璟对抽奖这种事情，从来就没有兴趣。更何况，是今天这种心情。

但她出于礼貌，给了名片。

将自己置身于白色的床垫、白色的床单、白色的被子、白色的枕头之中。这是她最后的努力。

这家酒店，以提供最佳睡眠感受的“甜梦系统”而著称。办理入住的时候，就有人问你喜欢硬床还是软床，走进房间，一切布置都是温暖亲切的，柔软的地毯、清新的空气、毫无压力的灯光。进门处，拉开一个柜子，里面的架子上陈列了十几个枕头，客人可以根据自己的偏好选择喜欢的高度和材质。床垫的弹性恰到好处，透气的床单和被子让身体的任何部位触碰到都感觉舒服。

应璟做了深呼吸，拉上窗帘，调暗灯光，躺在了床上。

两个小时以后，她站在了楼顶上。

楼顶的风很大，万家灯火就在脚下。

失眠到了一定的地步，脑子里全是凝聚不散的迷雾。走路，感觉不到力量，看到所有的东西，都是晃来晃去的。那些高楼，也是晃来晃去的。

她已经算不清这样保持睁着眼睛多少个小时了。即便这样吹着高处的风，她的头脑仍然无法清醒。她很累，很累，很想睡一会儿，做一个梦，哪怕是一个烦扰不休的梦。

站在楼顶花园的边缘，目光之下，灯火璀璨，那就是人间。多少欢乐和悲伤，都在同时发生。没有人会一直幸福。

她冷得发抖。

现在她最想做的，就是跳下去，开始那个梦。

也许，和整个世界告别，只需要闭上眼睛……

一阵鸣笛声划破了夜空。楼下，警车呼啸，人群聚集。

有人从酒店的房间里跳下去了。

应璟猛然间清醒，原来绝望的人，不止她一个。也许在这个酒店的每一层，都有一个想自杀的人。有的人，比她更坚决。她坐了下来，发着抖，在冷风中抱紧双臂。楼下，警车的灯光闪个不停，人越聚越多。

包里的手机响了。

她拿出来。

喂？

应璟小姐吗？

是。

恭喜你中奖了。

骗子请挂机。她有气无力地说。

不是的！小姐，我们是您入住的这家酒店。您在我们周年庆的活动中，被抽中了一等奖。你方便现在下楼领奖吗？

应璟一脸苍白地回到酒店大堂。刚才那个问她要名片的服务生喜笑颜开地迎上来，带她去领奖。

一个花花绿绿的大转盘摆在她面前。

一等奖的内容是在一个大转盘上摇，指针指向什么地方，酒店就赠送去那里的旅行。

转啊！转啊！服务生显然比她更高兴。

应璟没有任何期待，随手一拨。

指针快速地飞转起来，然后逐渐减慢速度，越来越慢，越来越慢，直至停住，指向——“高山湖泊小镇”，梅雨，马湖。

她去过全国很多地方，却从来没有听说过这两个名字。

应璟给所有的家具都搭上了一块布。

然后没有任何留恋地，关上门，离开了。

# 4

这真的是一个，完全，
完全陌生的地方。

有一种伤，叫一息尚存。

飞机，转飞机，火车，汽车，牛车。

应璟在路上。

飞机上，她一直在睡觉。仿佛有好多年没有睡过觉了。

过去，她有轻微的飞行恐惧症，坐飞机遇到气流会手心出汗，心脏狂跳。但是这次，她没有一点那种感觉，她的腿搭着毛毯，头靠在舷窗边，心无旁骛地昏睡过去。一觉睡到飞机落地，停稳，所有的乘客都下完。

两趟飞机飞完，她离北京已经很远了。

然后再坐火车。

火车上有新婚旅行团，那种咋咋呼呼的热闹与新鲜，更衬托她的孤独和灰暗。她坐在一个不起眼的角落，盯着窗外的黑夜，等待着偶尔从黑夜里闪过的零星灯光。

火车在一个小城停留了一下，应璟下来，继续去坐汽车。

汽车里，再看不见游客，大多是山胞，空气不是那么好闻。还有一只羊站在司机的背后，瞪着圆溜溜的眼睛看着前方。车在高原上行驶，路两旁都是高高的细叶松，有时能看见云海，还能看见草原，汽车跑得很慢，太阳就挂在离头顶不远的地方，十分晃眼。

辗转几天，她终于到了大山深处的一个淡水湖边。

湖在高山上，像一颗蓝色的水晶。

汽车把她吐下来。一辆牛车在那里等她。牛车旁边，是一条长长的土路。

牛车摇摇晃晃。

一路尘土飞扬地来到梅雨村。

应璟受到了很高规格的接待和欢迎。

“热烈欢迎梅雨村第一位游客，应璟女士！”红布白字的大条幅，拉在村民的手中。两排小学生，手里拿着野花，一边摇晃，一边齐声喊：欢迎！欢迎！那个赶车的年轻小伙子从车上跳下来，二话不说，就把她的背包背上了。还有一群小小的孩子，有穿着鞋的，有光着脚的，笑着闹着围着他们跑。应璟一边走，一边感受透亮的阳光，怡人的空气，远处的湖总是吸引她的视线，湖水很美，宁静温柔。

走过一段泥土路，就拐进了人稠户多的路段，每走过一家，就有主人跑到门跟前好奇地张望。

热热闹闹地走进了村长家，一条大狗听见人来了，狂吠不已，铁链子被绷得紧紧的。应璟有些紧张，她似乎都能感觉得到狗呼出来的喷人热气。阿彪呵斥了两声，不太管用。阿彪媳妇迎上来，一个笑眯眯、壮硕的女人，上前抓住她的手说欢迎欢迎，饭马上就做好了。应璟连连感激地点头，还没来得及说点什么，突然被阿彪媳妇把衣角揪了起来——“谁干的？小崽子们，谁干的？”阿彪媳妇声若洪钟。应璟低头一看，自己的外套上，被孩子们粘上了好多绿色的小苍耳果果。

小孩们一哄而散。

阿彪，黝黑的脸，腰粗背厚，样子专横，内心柔软，从黑头发里钻出几根又粗又硬的白头发。他是个上了点年纪的大学生村官。他一心想要“发展旅游”，就用手机拍了很多马湖的照片，只身前往北京参加旅游项目博览会，没钱租展位，就印了些传单，在人群中散发。在经受了各种拥挤、不屑、嘲笑和冷落之后，终于在洗手间里得到了一位高人指点——“免费旅行体验”，先找一些单位合作，搞活动，邀请一些人来免费旅游，让他们在社交媒体上发布体验。“等有了故事，后面一切好说！”

在马湖吃的第一顿饭，整个村子的重要干部都来了，围坐了一桌。阿彪媳妇炖了一只肥肥的母鸡。每个人都在给应璟夹菜，很快，她的碗就要堆不下了。

阿彪说：你在这里，吃住免费，只要把在这里所看到的、经历的，写到微博上，帮我们宣传宣传就可以。

应璟问：我住在哪里？

住我家啊！我都已经安排好啦！

第一晚，应璟住在村长家，和村长媳妇睡一张床。

村长就在她们脚下打了个地铺。

还是失眠。

应璟被村长夫妇的鼾声震得很难合眼。

她起来，轻轻推开门。

空气凉得沁人骨髓。

月光很亮。万物像被撒上银粉。

一面被月光照亮的湖水就在眼前。

万籁俱寂。

她有些感动。

狗醒了，突然狂吠起来。

她朝湖水走去，忘记了披上外套。

没有路灯，无需手电。

平底鞋走在土路上没有声响。她只听见自己的呼吸。

大概已过半夜，临近清晨了，有露水在悄然凝结，野草湿漉漉的。

湖水是有声音的，近了才知道。浅浅的一层浪，在洗刷岸边的石子。月光下的湖，呈现淡蓝色。湖面笼罩一层薄雾。

她坐下来，在一块大石头上。

把脚从鞋子里放出来，放入水中。

那冰冷蚀骨的感受，把她从一种近乎梦游的状态中拉出来。

一只大翅膀的鸟从湖面飞过。

她从未如此清醒。

第二天，小镇赶集。

应璟精神奕奕，一点也不像一夜未睡的人，走在明亮的阳光和带着点泥土味道的空气中。看摆在地上的蔬菜和水果、满地乱跑的小猪。和小孩一起蹲在地上，看小鸭子破壳。

她试图再次走到湖边去，却大白天地在树林里迷了路。昨夜明明轻松抵达了的。

广阔的田野。土路曲折。庄稼茂盛，野花烂漫。湖就在不远处。似乎每一条路都可以通向那里。可走到路的尽头，不是田坎，就是人家。又要折返。

不到半个小时，她的脚就酸了。说来惭愧，这些年，她真的很少走路。

其实前方有耕种的农人，但她不愿意去打扰。

突然有点相信，昨夜，也许是在一种说不清道不明的神奇的力量的鼓动下，才顺利走到湖边的。

她又累又渴，索性放弃了。在野草丛中坐了下来。云在头上，风在身边。她的脸被晒得有些发红。

坐了一会儿，她又躺下来。听着风声穿过草叶，进入耳朵。天空向她敞开。简单朴素的欢愉，充盈她的内心。

然后她听到了歌声。

翻身起来一看。

一个女孩在不远处的地里劳作，是她在唱着歌。

应璟去和她打招呼。

我能到你家喝口水吗？

女孩站起身，擦去额头上的汗水，抱起她采好的一捆植物，对应璟说：你跟我来。

她家就在旁边。一座古旧的民居，两层楼，大木门，小院里小鸡跑进跑出，墙角堆着的农具和柴火上沾着鸟羽和鸡粪。一棵正在开花的树沐浴在阳光下，蜜蜂嗡嗡，生机勃勃。站在树下，就可以看见湖水。

这棵是什么树？

樱桃。

花真漂亮。

是啊，果子也非常好吃。

女孩在院子角落的水缸上取过一个瓢，然后拧开一个水管，哗哗接了半瓢水递给她，你先解渴，我慢慢烧水泡茶给你喝。应璟接过瓢，有些迟疑。她从来没有喝过水管里流淌出来的水。

放心喝吧。山上有个龙洞，里面冒出两股水，这么大！——她比画了一个大大的弧形——这水是从那儿引过来的，真真正正的矿泉水，甜得很！

应璟放心喝了，一通饱饮，果然清凉甘甜。

女孩笑了，把刚从地里摘下来的一堆绿色嫩叶放在缸边冲洗。

这个是什么？

薄荷。

野的？

对，我们从野外摘回来种的。

应璟仔细观察这个姑娘，面部的线条很美，尤其是鼻尖，精巧好看。

女孩叫花衣，她用新鲜的薄荷泡茶给应璟喝。交谈中，应璟知道了，十几年以前，花衣的父亲外出打工，带了一个年轻漂亮的女人回来，生下了花衣，但是没过多久，那个女人受不了乡下寂寞，就跑了，花衣的父亲外出去找她，从此杳无音信。花衣和奶奶一起长大，奶奶省吃俭用，供她念书。念到了初中毕业，因为要去县里念高中，她舍不得离开奶奶，就辍学了。去年，奶奶去世了。

你从哪里来？花衣问。

北京。

噢！我爸爸就在北京……

是吗？

听人说的……不确定……你一个人来的？

对。

你的家人呢？没跟你一起？

我丈夫上个月去世了。

哦……那你现在住在哪里？

村长家。

他家的狗挺凶的。

是啊，很吓人……你们村有旅馆吗？

有过，20 块一个晚上，但是后来关了。你要是怕那条狗，可以来我家住。我一个人，住这么多房间，可以分一间给你。

真的？那太好了！

应璟和花衣一见如故，那天下午，她就搬到了花衣家里。

把那扇木门吱呀推开。一股淡淡的霉味弥漫过来，堂屋里光线昏暗，贴着不知道哪一年就贴上去的领袖海报，墙角微尘积累，蜘蛛网缀满每个角落。楼上的房间，空气混浊闷塞，是长期没有开窗户的原因。花衣住的房间窗户打开着，阳光照进来，看得见空气中飘浮的尘土。站在窗边往外看，是树林和田地，绵延至远山和湖水，天上云朵拥挤，露出缝隙，阳光从那里穿透，直接把狂野的金光洒向湖面。院子四四方方，有一堵泥做的围墙，只有一米多高。那棵樱桃树很茂盛，有些年岁了，应璟想象，花衣的童年，一定在这树下睡过午觉，她的奶奶为她轻摇着扇子，驱赶蚊虫。

应璟随花衣去地里摘薄荷。

翠绿娇嫩的一大片。新发的嫩芽，带点细细的绒毛。靠近的时候，并不能闻到什么，只要掐掉一点下来，就能闻到清新的香气。

看到这些植物，花衣就笑意满溢。

花衣说，她家其实还有几块肥美的土地，奶奶在世时种过粮食。后来奶奶老了，就包给别人去种了，只留下这一块离家最近的。奶奶说：不管任何时候，不管任何年月，要有一块地，不管种点什么，都是好的。

近几年，时常会有城里人来这里收牛肝菌，他们发现靠水的地方野生的薄荷长得很好，又顺便收些干的薄荷叶。野薄荷卖给餐馆和咖啡厅，销量很好，所以花衣就把那块地种了薄荷。

她知道怎么种薄荷，薄荷喜水，正好她家这块地紧挨着一条堰沟。她种出来的薄荷叶片碧绿肥厚，香气扑鼻。不管有多少，别人来收，总是一次性全部收走。

那为什么不扩大种植，在别的地里再种一些？应璟建议道。

因为我的梦想可不是种薄荷。花衣说。

噢？那你的梦想是什么？应璟问。

我不好意思说。

说吧！我听听。

我的梦想——是去北京！

应璟笑了。

为什么是北京呢？

因为北京是首都啊，够大，够远！

还因为你爸爸在北京？

对！我要去找他。

能找到吗？

不知道，万一找到了呢？

应璟看着花衣，看着她一脸对外界的向往。

北京，她的心掠过阴影。那个她刚离开的城市，现在想起，就是伤痛记忆。

外面，真的好吗？她不知道，一个一尘不染的小女孩，要是真的去了城市，会变成什么样？

那个晚上，应璟照样失眠。

月亮，在漆黑的夜空中光线暗淡，几团乌云始终围绕着它。

她独坐在硬床板上，在十五瓦的灯泡下，认认真真想了一件事情。

到了天亮，她做了决定。

花衣，你愿意和我交换房子吗？我留在梅雨，住你的房子，帮你照顾这块地，帮你种薄荷。你去北京，住我的房子，去找你的父亲……如果你愿意，我还可以帮你找一份工作，我有一位好友，在现代舞团做总监，你可以去她那里做些力所能及的事情，打扫卫生，帮忙收拾道具、布置舞台。他们都是一帮干净有力的人，会简单地对你好。这样，你到了北京，就能安心，不用四处奔波，不用为了生存委曲求全。

姐姐，真的吗？真的可以去北京？花衣不敢相信自己的耳朵。

你愿意，就去啊。

我可以住在你家？

对！

可以住多久呢？

想住多久都可以。

那真的是……太好了！

那么我住在你这里，可以将房子做些改动吗？比如，把墙重新刷刷，把窗户、院子，改整改整……

可以可以！你随便改！

应璟送了花衣机票，还有自己房子的钥匙。

花衣收拾了行李，只是一个小小的背包。

在送花衣出村的路上，她们沿着土路的车辙往前走。

应璟递给花衣一张手写的小卡片，上面写满了她对花衣的嘱咐。对这个相识不久的女孩子，她充满担心。未来，谁也不知道会怎么样，她自己也无法确定，这个换房的建议是否真的美好，所以，有些话，一定要说：

在那个城市，我只希望你做的大多数事情，都是心甘情愿的。

肯定会有无能为力的时刻。那么，就听从自己的心，要学会放弃和放手。

不是所有的人，都需要你在意；不是所有的问题，都需要解决。

再困难，都不要试图用酒精来解决，要克制自己的情绪和欲望。

不管发生什么，都要坚强，但不要让自己的心变得坚硬。

花衣对她也有叮嘱：

这里的风很大。晾晒的衣服一定要用夹子夹起来。

你还要习惯和壁虎打交道。

会经常停电，你要适应，黑的时候，不胡思乱想，就不会害怕。家里有手电，蜡烛多备点没坏处。

请你帮我照顾好薄荷地，它们很容易照顾，好好浇水，耐心等待新芽发出就行了。

# 5

我决定留在这里。

如洗的空气，能过滤人的忧愁，

一片薄荷叶子，能恰到好处，覆盖伤口。

花衣走后，应璟被阿彪叫去开会。

村部的会议室不大，窗明几亮，挂满了锦旗。她座位前面，摆了个牌子：特约嘉宾。正对面的墙上，一个大条幅十分醒目：大干 365 天，建设西部“旅游大镇”。看得出，这个会，十分重要，村子里的大小干部全部来了，连畜牧站和计生站的人都来了。大家你一嘴我一嘴，积极献计献策：

你看新闻，不是这里雾霾，就是那里雾霾。咱们这里多干净，光凭空气，就足够吸引人了。一个喜欢两只手交叉放在肚皮上的干部说。

要不，咱们也整个什么节吧！你看别的县，搞的油菜花节、黄牛节、粽子节。我们就搞个空气节！一个头发蓬松粗硬，戴个眼镜的干部说。

这个地方太偏了，我觉得宣传还是不够。

硬件也太差了，我前段时间见过两个游客，背着包，在湖边走了走，当天就回了。因为没有住的地方啊。这里连个旅馆都没有……

对对对！别人一听说那里没有住的地方，谁还来？

阿彪大手一拍：嗯，这个是关键。问题是，谁来开这个旅馆呢？

我家里没地方。

有人开过，都倒闭了。

装修需要花不少钱。

我看是没有人愿意。

我来吧！应璟举手。

有些事情，做决定是容易的。

应璟站在院子里，看着房子、屋檐、灶房、院子。

大修大整啊这是。她心里想。

要从哪里开始？从杂草丛生的墙角开始吗？还是一楼？二楼？门口那堆农具放到哪里去？那些鸡怎么办？

需要帮忙吗？

一个年轻小伙站在围墙那边。

应璟认得，就是那天赶牛车接她的那个小伙。村长说找个人来帮她，原来是他！

哎，你好，你叫……

马活。马路的马，生活的活。嘿嘿。

马活，这名不错。

嘿嘿，我奶奶取的，意思是，活着就不错！但我上小学时，老被人叫活马。

你……不是……赶车的吗？

是啊，我除了赶车，还会别的，种地、泥土匠、木工，我都干过，不过，我的理想，是当个厨师。

你能来帮我，真是太好了！这个房子，我看要动的地方挺多，工作量应该挺大的。

没关系！只要你相信我，你说怎么改，我就怎么改！

应璟赶紧将马活请进来商量。

一切从简，是她的要求。

框架、房间都不动？

都不动。

墙？

刷白。

地?

这个水泥地起灰。

那铺瓷砖。

还有别的办法吗?

这里不容易买到木地板……

刷一层地漆行吗?让它不起灰就行。

可以。地漆刷什么颜色?

灰色,就是水泥的颜色。

门要换吗?

不换。木门挺好,我擦干净就行,但需要给每个房门上一个可以反别的插销。

窗呢?

也不换。

可这木窗子太老了,太厚,光线不好。

擦洗擦洗,经常开窗就好。

电路?

改!所有的老旧电线换掉,重新布置。插座、开关,都换。

灯呢?

不用换，换几个大一点瓦数的灯泡就好。

灶房？

这个我想了一下，先不动吧。因为它是独立在外面的一间房子，从墙到地面都是泥土的，要是改的话，等于重建一间房子了。那么大的灶，打掉可惜了。

也行，你一个人的话，不想用灶，就用电饭锅煮点东西吃好了。

另外，我需要一个卫生间和浴室。

竹林下面那个茅厕不是挺近的吗？

我……不太习惯。

嘿嘿，对，城里人都不太习惯风景厕所。但是你这个要求不太容易，因为这个房子，没有上下水。我们的生活用水，都是端出去，直接泼在地里。要在家里建个茅厕，粪坑挖在哪里？你还不如改变心态，适应适应就好了。

也行，但是，不能洗澡，真的是……

这个你别急，我帮你想想办法。还需要什么吗？我可以托人帮你到县城去买。

需要一台冰箱、一张书桌，最好有一米五长。

一个人用？要用那么大的吗？

对。

我可以帮你找木匠。

好的，谢谢。

电视机需要吗？装个锅就能看。

电视不需要。

你一个人，住在这里不看电视？那，怎么过哟？

呵呵，到时候看，不能过了再说！应璟笑了。

“大修”工程开始了。

第一项工作是电路的改造。

马活把在广播站工作的小熊叫来帮忙。

马活介绍说：平时我们老在一起打扑克。一个墨镜长在了头顶的男孩。

应璟一看，果真是！穿着衬衫，脚踩阿迪王，头发浓密得像熊毛，故意留在前额的头发半遮着眼。如果不是马活推荐，应璟觉得自己这辈子应该都不会有机会和这样的小孩子有来往。

他们端来了两架梯子，去剪老旧的电线。应璟也不能闲着，用一块围巾包住口鼻，爬上了一架梯子，用竹笤帚去清扫天花板和墙角的蛛网和积尘。

应该有超过十年的时间没有打扫了。墙角的尘土已经凝结成一股一股的，垂落下来。应璟一手扶梯子，另一只手尽可能地伸远把它们扑落，眼睛受不了，又爬下来，找个眼镜戴上。戴上之后，只是起一点作用而已。尘土仍然四处乱飞，呛得她忍不住流泪。这些都不是最可怕的，最吓人的是那些蜘蛛网，粘来粘去，纠来缠去，仿佛永远也清扫不完，一只就要失去家园的大蜘蛛愤怒地吊着秋千，从远处悠过来，吓得应璟大喊一声，差点从梯子上摔下来。

把每个房间的积尘和蜘蛛网都清理下来，用了整整两天。

应璟觉得鼻子已经不属于自己了。

头隐隐作痛，仿佛脑子里全部装满了灰尘。

马活和小熊看上去很轻松，因为接电线的工作显然不算沉重。每天完工之后，就商量晚上去喝酒。

你跟我们去吗？姐姐。

不去了，你们喝开心！多谢你们！

姐姐普通话说得那么好，以后来我的广播站玩吧。

好啊！应璟一口答应。这个广播站她听到过，每天下午四点到五点半，小熊会播放一些主旋律音乐，或者广播一些通知。这个房子不远处，有一棵大树，上面系了个喇叭，声音就是从那里传过来的。

小熊他们走后，她只想烧水洗澡。

花衣走之前，教给应璟在乡下洗澡的方法：在水缸里打水，用水壶烧开，半壶用来洗头，半壶用来洗澡。头发散下来，对着盆子，用刷牙的塑料杯舀着冲洗。洗澡，就是用湿毛巾擦拭。

应璟照做了，清洗了头发里的蜘蛛网、手指上的泥土和灰尘。但不确定，是否真的洗干净了。

那个夜晚，应璟更难入睡。

虽然干活前，她给床铺上了单子挡灰，但，钻进被窝，她仍然觉得哪哪都是尘土和蛛网。

马活刷墙，踩在梯子上，口袋里的山寨手机放着音乐，功率极高地单曲循环一首歌曲：《怒放的生命》。

应璟在地上帮忙，不断挪动椅子和桌子，以免被漆点溅落。堂屋里，有一个大立柜，怎么也推不动。这是什么木头打造的啊，这么沉！她说着，伸直胳膊，脚在地上使劲蹬，整个人快飞起来，仍是纹丝不动。

马活说，你别动了。一会儿小熊还来帮忙呢。

那我还能干点什么？

你给我们做饭吧！

呃……应璟扭头看看被顺到墙角落满灰尘的电饭锅，平日里，她用它煮点面条蔬菜，刚好能充饥，现在要她做几个人的饭？

这里有餐馆吗？要不我请你们去外面吃吧。

不用！我还叫了一个人来帮你。她叫李丽，噢，不，李曼丽，买菜去了，这会儿应该快到了。

话音刚落，几包菜被放在了大门口。

长相俏丽的曼丽用手擦着汗，对应璟笑着：你好啊！

圆领的花衬衣、高腰的铅笔裤，还有半跟的黑皮鞋，微微烫过的发梢。皮肤很好，脸上有几粒小小的雀斑，属于那种把头发染成什么颜色都与之相称的肤色。

应璟回报以微笑。心里想：这应该是这个村里最漂亮的姑娘了吧？一定是去外面城市生活过的吧……

你穿这个鞋走过来的？她问。

是啊！

真厉害！

从小跑到大的路，我比你熟悉呀！曼丽抬头看看墙上的马活说：走！做饭去！

走！

她们抱着菜走向院子侧面的一间小屋。那里是应璟很少来的灶房。

里面光线昏暗。门就是一张布帘。

木柴堆在角落。旁边一堆稻草和谷糠是助燃的好东西。灶台半人高，两口安在上面的铁锅，不能取下来的。墙上挂着锅铲、锅盖和蒸笼。

灶台前一把竹凳子，可以坐着添加柴火。

一张木桌在凳子旁边，放着菜板、调料、油瓶。曼丽说：没有冰箱的人家，剩菜剩饭一般就放在这里，罩一个纱笼。

曼丽熟练地生起了火，一边往灶台里添柴，一边说：我就不爱用电饭锅、电炒锅，还是柴火煮出来的饭香。先烫米，再蒸米，饭蒸熟了，再炒菜，菜炒好了，再做汤。一个灶，一口锅，全做了！

她在锅里添上水烧上。然后取了一个圆簸箕，去米袋里盛了几碗米出来。麻利地双手举箕，上下筛动，一些小石粒、谷壳、砂子，就都跑出来了。曼丽坐下来，把簸箕放在腿上，一点一点，把杂物挑出来扔地上。然后再起身，将米倒进盆里搓洗两遍。

水开了，米倒进水里，马上就有了香气。

那个味道，闻着真是舒服。

曼丽用一个大得可以当水瓢的圆锅铲在锅里不停地搅动，直到一颗颗晶莹的米粒膨胀、开花。

请帮我把那个菜盆拿过来，还有那个筲箕、纱布。

应璟听从指挥，将菜盆放在大锅旁边，然后盆上放上筲箕，筲箕上铺上纱布。

曼丽迅速将开花的米粒都转移到筲箕上：火候很重要啊。时间短了，饭夹生，时间长了，饭太粑不好吃……

洁白的米粒集中在了一起，一起转移过来的白色汤水往下沉淀，一点点渗过纱布和筲箕，汇集在最下面的菜盆里。

曼丽用手抓了两颗米放进嘴里：嗯……不错！刚刚好！

然后她再次往大锅里掺水，上蒸阁，把装米粒的纱布四角提起，再次转移到火上，盖上盖子。

现在，我们两个先享受一下，她俏皮地说。取来两只碗，一人从菜盆里盛了一碗米汤。

她特意将浮了一层米脂的那碗递给应璟：这是我从小到大最喜欢喝的东西了。尤其是这种新米的米汤，最好喝了，我去外面打工的时候，最想念的，就是它！

应璟接过碗，喝了一口，真是不错！洁白、黏稠、香浓，纯纯的米的味道。

蒸米的时间，她们到水缸边洗菜。

你以前在哪个城市工作？应璟问。

在北京、上海都待过，后来去了深圳。

做什么工作呢？

什么都干过。餐厅、台球厅、电子零件工厂、电影院，后来……在发廊！

那为什么要回来呢？

我父亲生病了，没人照顾，再加上，我在大城市也待烦了。

回来靠什么生活呢？

我在街上开了一家小理发店。你将来要是想剪头发，来找我。

噢！你还会剪头发？

会啊，不但会剪，还会烫染。曼丽扭头看了看应璟，把手上的水甩了甩，抓了抓她的头发，你这个头发，很长时间没有烫染过了吧，其实，像你这样的脸型，把发尾烫一烫，味道就出来了。所以，什么时候想换一种感觉，就来找我啊。

好呀！

说着小熊来了，还穿着前几天的那身衣服，头上顶着墨镜。进了门就开始拿起工具干活。

吃饭的时候，他们四个坐在一起，谈天说地。小熊说话嗓门很大，响亮刺耳，而且他很喜欢说，对什么都有看法，有了看法就要说出来，这样的年轻人并不少见。应璟觉得，他倒真的挺适合做一个广播员。

那个晚上，应璟困乏万分，但仍难以入睡。

作为一个轻微的强迫症患者，这个房间里只刷了一半的墙，让她老是想去看。她试图将注意力从墙上转移开来，却发现了一个更可怕的东西：

一只小老鼠。

这个小东西是什么时候跑进来的？或者，它本来就一直在这个房间里生活。它知道应璟注意到它了。退到墙角，瑟瑟发抖。它不知道，其实应璟比它抖得更厉害。

怎么办？她从未有过驱赶老鼠的经验。唯一能做的，就是，走为上计。

应璟迅速抱着被子，转移到了花衣住过的房间。这个房间已经粉刷完毕。但所有的家具都被挪动过位置，还没有来得及归位。轻微的强迫症患者试图将那张床挪回靠窗的位置。床底下突然跑出来好几只蟑螂。

应璟从来没见过那么大的蟑螂，足有人的大拇指那么大，舞动着触须，跑得特别快。她真想尖叫或者干脆晕倒过去，可知道没人能听见，也没有人能来帮她。她脑子里不可抑制地冒出了一句话——当你在房间里看见一只蟑螂的时候，意味着在你看不见的地方，住着一万只蟑螂。

这句话冒出来，这个夜晚，算是彻底毁了。

第二天，马活竟然手提一个电钻，牵着一匹马过来了。

马背上驮着两袋沙子和一袋水泥。

今天，我要先给你把有洞洞的地面补一补，然后想办法给你做一个浴室。

你不是说没有上下水，不能做浴室吗？

在你要求不能给房子做大改动的前提下，我只能按照我的想法来了。马活自信地从马背上冷不丁抽出一根半米多长的钢管，指着二楼右侧靠墙的那个房间说：我把那个房间的地面，用水泥和沙子找出一个小坡，然后做好防水，在墙角打一个洞，连接这个钢管。洗澡水会顺着这根钢管流出去，流到外面的野地里。你洗个澡，顺便也给那里的野花野草野竹子浇水了。

淋浴的热水器呢？街上能买到吗？

买不到。你要是不嫌弃的话，我可以用铁皮给你做一个。我已经给我家的亲戚做过好几个了。虽然比名牌的热水器麻烦一点，但是冲个澡，还是够了的。

行啊！那就麻烦你。对了，你过来做了这么多事，我们还没谈价钱呢？

马活突然变得又紧张又羞涩。

钱的事，你说多少就多少……

哎！你说，我真不知道该怎么付，你说多少就多少！

马活抓抓脖子：要不做完再说吧。

那也行！

不谈钱了，马活似乎轻松了许多，冲应璟笑笑，牵着马干活去了。

哎！马活！应璟突然想起一件事，叫住他。

嗯？

能不能再帮我个忙，这个房子，好多的蟑螂，还有老鼠。

我家有蟑螂药，明天我给你带几包过来。

老鼠药呢？

老鼠不能用老鼠药，要是死在房子的哪个边边角角，找不到，臭得很。

拿捕鼠笼子？

也不好使，现在的老鼠都精了，不轻易上当。

那怎么办呢？

对付老鼠，小熊是专家，下午我给你把他叫过来，交给他吧！

小熊来了。

果然一副专家的模样。

慢腾腾地从包里掏出各种工具：一个夹子、半根火腿肠、细绳、锅盖、木棒、大头针……

应璟都看呆了。

哪个房间发现的？

那个！应璟一指。

小熊进屋，把火腿肠掐出一小截，放在捕鼠夹上。然后拍拍手，说：走吧，出去等着。

应璟搬了两个小凳子，和小熊坐到院子里。

外面有些阴沉，有风，湖面变成了深灰色。天上的云堆积在一起，重重地压下来。

雨季快要来了。小熊说。

你看见老鼠，一点不害怕？应璟的心思一点都不在季节上。

不怕，从小就不怕，老鼠、毛毛虫、癞蛤蟆、蛇，你们女生怕的东西，我们都不怕。

哎呀，小熊说话就是不一样，有多久没被别人称呼女生了。

有一年，我在我家抓了一只大老鼠，有这么……大。小熊比了个动作。

应璟吓一大跳。

老鼠过街，人人喊打，我们小时候，是见一个杀一个，甚至浇水泥把老鼠洞封起来。可是发现，怎么杀也杀不完，这个洞封上了，它马上又从另一个洞钻出来。后来，我无意之中跟街上的一个老爷爷学了一个灭鼠的好方法。

怎么？

就是让它们自己搬家。

自己搬家？

对！老鼠这种动物，是很聪明的。它们知道给自己找最合适的居住地。除了有吃的，还得安全第一。所以，一旦它们发现某个地方已经不适合居住了，就会拖家带口，马上搬家。

所以，要灭鼠，就要让它们知道，这个地方，不适合它们？

你比老鼠聪明！小熊打了个响指。

那，该怎么……

过去，应璟打死也不会相信，自己有一天，会在一个特别遥远的地方，和一个男孩子，聊老鼠聊得那么起劲。

你等一下！小熊站起来，打断了应璟。他竖起耳朵听。

夹住了！小熊抄起家伙就往屋子里跑，现在的火腿肠不知道加了什么，香得很，老鼠一闻到就抵挡不住……

应璟也听到了动静，也跟着跑过去。

小熊把她拦在了门口，你还是别进去了，一会儿有些场景，不太适宜你观看。

应璟刹车。

她就在门口等着。

过了一会儿，她听见了，各种声响。

哐咚嗵哧梆轰啊铛……小熊在里面如跳大神一般，又踢又打，又是敲锅盖，又是厉声喊叫，当然，这各种声响，都掩盖不了一只老鼠更加凄厉的尖叫。

应璟心脏病都快吓出来了。她赶紧跑到外面去。

马活出来铲沙子，见应璟出来，笑着说：他又在五花大绑，实施各种酷刑了。

动静太大了，吓人。应璟不敢想象那情景，抚胸坐下。

这就是要让小老鼠的爸爸妈妈、亲戚朋友们都听见啊。它们这会儿躲在角落里，全都吓得不轻呢。

过了二十分钟，小熊疲惫不堪地出来了。

快给我倒杯水。

应璟赶紧递上。

完事了？

完事了！

你把它，杀了？

没有，放了。

啊？放了？

对，放了比杀了好，受尽凌辱和折磨之后，它回家去，肯定会第一时间广而告之：此地不宜久留，太他妈危险了，我们赶紧撤吧……不出意外的话，今天晚上，它们就搬家了。小熊信心十足地点点头。

应璟抚住还在怦怦跳的胸口，大大地松了一口气。

姐姐：

我到北京了。

一路上，又是汽车，又是火车，迷迷糊糊地赶到了飞机场。飞机场并没有火车站那么乱哄哄的。看见那些送行的人，依依不舍地告别，我也跟着难过，虽然没有人来送，但是我却一点也不伤心，没有人舍不得我走，我正好可以潇洒地去北京。我怕在飞机上挨饿，看见那边有面馆就去吃，谁知道一碗面要58，吓得我转身就跑了。幸好我还带了些饼干。后来才知道飞机上饿不到，有饭吃。那个饭味道还行，我一口气喝了两杯果汁。

很多人在飞机上睡觉，我是第一次坐飞机，根本睡不着，一路上都趴在窗户上往下看。飞机在飞，但是坐在里面一点也感觉不到，我看下面的云，真是漂亮，跟仙境里面一样，那个时候我想到了我的奶奶，她要是还活着，能坐一次飞机该多好啊！

飞机降落的时候，我特别紧张，因为马上就要下去了，万一没有人来接我该怎么办呢？出去的时候，看见北京机场黑压压一大堆人，我浑身是汗，心都快跳出来了。幸好很快就看见娟子（她让我这么叫她，说娟子姐不干脆，不好听），她举着我的名字等我。娟子不愧是跳舞的，身材超级好，漂亮得像电影演员，对人更好。她开车送我去你家里。你家真大，这我也没有想到。

那个晚上我有些睡不着。你的床太软了。

第二天，娟子就带我去他们舞团了。在一个叫方家的胡同里，我问是这里面住的人都姓方吗？娟子说，可能以前是吧，现在就不一定了。胡同其实很破旧，很多人在家门口堆积了很多旧家具和杂物。我们进了一扇大红门，里面还挺宽敞，有两家餐厅，还有一家咖啡馆。舞团有两个排练厅，还有一个小剧场，那个排练厅特别高，特别大，墙和地面都是黑色的，整整一面墙都是镜子。娟子把所有团员都叫到一起介绍我。所有人一起鼓掌欢迎。真的如你所说，都是特别好的人啊！

我现在的工作很简单，就是每天做好剧场和排练厅的卫生。他们都是特别爱干净的人，排练完了之后，地上全是汗水，什么脏的东西都没有。

真的谢谢你，让我一来北京就住这么好的房子，还在这么好的地方工作。

千言万语，也说不尽我的感谢。

希望你在马湖，也一切都好。

花衣

地面修整完毕，墙壁重新粉刷过之后，整个房子基本上有了修缮一新的感觉。

应璟坚持，每个房间，一根电线，吊一个灯泡，保留拉绳的开关方式。

如果卧室的床离拉绳很远，就用一根长线，把拉绳接起来，一直牵到床头系上。这样，她就可以拉个枕头放在背后，靠在床上看书，想睡了，躺下，拉一下绳子就好。

接下来的工作，就是用心去擦拭每一个角落。

被时光抚摸过的，每一张桌子、椅子、柜子、床和板凳。她跪在地上，旁边一盆水，仔仔细细，或用力，或轻柔，将家具上陈年积累的污渍一点点清理干净，直到木质重新出现最初的光泽。家具擦完，她挪动一张木桌，爬上去，把所有的窗子都擦得干净明亮。然后再把一面锈迹斑斑、布满灰尘的镜子擦拭一新。

做这些工作，她整整用了两天的时间。

雨季来了，每天，停停下下，下下停停。她在雨水的声音中起床，喝水，吃一点东西，然后去取盆打水，开始跪下来，专注于眼前的一箱一柜。水有些凉，但还没有到受不了的地步。没有人打扰她，她能听见的，就是雨声，和自己的呼吸、擦拭的声响。基本上，她什么都没想。

这种专注，让她觉得愉快。一天时间，很快就过去。

擦拭完毕，她站起身，一个房间、一个房间地看看，思考着作为一家小旅馆，它应该有的样子。

两层楼，五个房间。一间自己住。那么，就四个客房，两个房间放大床，两个房间放双床。

她请马活带她去了木匠家里，订了两张基本样式的木床。

然后去村民家里收购了几张闲置的木桌和竹椅。把竹椅擦拭干净，买来绿色的粗布，缝成垫子，扔在上面。

一个雨天的下午，她撑着伞，去了一趟“供销社”。这个地方，其实早不叫这个名字了，挂的牌子叫“大福商店”，但是，村民们还是习惯叫它原来的名字。

跨过高高的门槛，里面传来一种陈旧的气息，坑坑洼洼的地面，高到腰部以上、笨重的大木头柜台，里面有很多东西让应璟觉得好看，大到带横杠的自行车，小到绿色的胶鞋、黑色的雨靴、红色的双喜热水瓶，都有卖。售货员是两个闲坐聊天的大姐，偶尔有小孩进来买文具，还有男人进来打酒。

这里存货最多的，就是各种布匹，应璟就是奔着它们而来。她伸手一一触摸它们的材质，多数是棉质的，还有麻质的，很厚，颜色单一，价格惊人地便宜。

她很喜欢这种厚布，结实、质朴，手感舒服。拿去做桌布、窗帘、铺床，都很好。

一次扯了好多布，又买了好多床棉絮，这让两位大姐很高兴，当她们得知是买来开旅馆用，就主动提出来，帮她缝制成被套和床单，还不需要多付费用。

枕头要吗？大姐问。

应璟这才想起，开旅馆，还需要枕头。

要！有卖吗？

没有卖的。你要需要的话，你再买点布，我给你缝几个枕套，然后把我家里的荞麦粒给你装里面。我们这儿的人都睡荞麦，荞麦枕，睡着香。

应璟连连道谢。

床做好了，床单、被子、枕头也买到了，一个旅馆应该有的东西有了。

办完了这样一件大事，走出供销社，空气仿佛都变得轻松了。

往回走的时候，雨越来越大，雨伞已经不能完全遮挡。应璟的衬衣被打湿不少。但她喜欢雨，不愿意躲起来，就一直朝家走。一路上，野草、树叶吸饱了水分，旺盛，浓绿。她捡拾起被风吹折掉落的树枝，像个孩子一样，边走边用它去拍打路边沾满雨水的野草。快到家了，她忍不住去瞧一眼薄荷，跳进地里，用手摸一摸吸饱了水分的嫩叶，然后掐一片下来闻一闻。喜水的植物，在雨中散发香气。终于回到院子，笑容突然凝结在了她的脸上。

因为积水太深，整个院子都是泥泞，她的脚，直直地踩进了稀泥巴汤汤里。

接下来的好长时间，她只做了一件事——捡石头，来铺路。

铺一条路，来连接院门和房子。

她到村民家借了一个背篼，寻路找到一条河。在急湍的水边，捡拾大小相近的圆形石头，把它们一个个在河水中清洗干净之后，再背回去。

每天捡拾一些。

一点一点地带回来。

两天之后，全身没有不痛的地方。

她脱下袜子，发现脚底起了一个弹珠大小的水疱。

晚上，应璟烧了一壶热水，装满大盆，把脚泡在里面。没有药，就捣碎一些薄荷叶，涂抹在上面。

捡了将近一个月的时间，才把足够铺一条路的鹅卵石攒够。然后每天蹲在地上，将石头嵌进土地，使劲敲打，她的衣服每天都湿透，汗水从额头流到脖子。一条精致的石头小路慢慢铺成。路过的村民们，都啧啧赞叹不已。

一个月中的某一天，她突然发现自己不失眠了。

# 6

没有通宵歌舞，没有灯火通明。

他们辛勤劳作，为了生计，早出晚归。

天黑了才吃晚饭，饭后喂猪，

然后在大树下聚会，讲几百年前就有人在讲的故事。

她每天都早起。

因为，她迷恋晨光。

天光渐亮，远处的房子陆续升起炊烟。人们在做早饭，然后开始一天的劳作。也有起得更早的人，喝过了稀粥，扛着锄头，从院子门口走过，脚步坚实匆忙。上学去的孩子们，一边蹦着脚底的弹簧，一边用手指缠绕旋弄路边的野草。

她也不是闲人，坐在院子里，在一块木板上，做最后的雕刻工作。

“不失眠旅馆”，一个一个字，拙如孩童所写。

小刀刻出了店名。很小的一块，拴一根麻线，挂在门边。然后将清晨采来的一大把野花插入瓶中，当作对自己的贺喜。没有放鞭炮，也没有敲锣打鼓大办酒席。这就算开业了。

取这个名字，是因为它建成了，她也没有再失眠过。

她把晾晒干透的薄荷叶子收拢，用皮筋扎好，放进塑料袋里，卷几道口，然后扎紧，再放进一个干燥通风的大立柜里。那里面，一袋一袋的薄荷，码放整齐。

然后，靠着竹椅，在樱桃树下，面对着湖水，开始喝茶。樱桃树的花早就落光了，青愣愣的果子挂在枝头，头碰头挤在一起。薄雾漾开，远山呈现。每一天，早一点开始，就能做很多的事情，也能享受到更多。

她不去想，什么时候，才能有第一个客人。或者，万一，将来一个客人也没有？这样的忧虑是没有用的。此时此刻，自己能享受着就很好。

太阳出来了，湖面上的雾消失了。天上的云多了起来，太阳不断地在云端行走，走着走着，云都被吹到了山的背后，湖面上晴空万里。

应璟就这样坐在门口享用阳光，从左脸发烫，晒到额头发烫，再晒到右脸发烫。

这期间，有人给她送信来。

还是花衣的来信。

姐姐：

我现在的普通话，比以前说得好多了！进步到什么程度呢？就是，我再去帮跳舞的团员去买酸奶的时候，小卖部的大妈能听得懂了。

上周末，我去了天安门。他们告诉我，可以坐地铁，也可以坐双层的公共汽车。我对那种两层的公交车很有兴趣，就坐公交车去了。事实证明，真的很晕啊。我刚爬上去，还没站稳，车就开动了，我要用力地抓住扶手才能直立。然后我要忍住头晕往二楼上爬，爬到那一层，快吐了。我硬忍住那种感觉，坐到第一排去，眼前的景色让我一下子就忘记了晕车。那么多高楼和过街天桥迎面过来，阳光照在车窗上，打开窗就能摸到树。北京好大！风好暖和！

天安门广场却让我有些失望，比我想象中的小。人特别多，都在照相。我没有手机，也没有相机，所以只好照在脑子里啦！那天，我花了来北京以后的第一笔巨款，买了张票上了天安门城楼。站在上面往下看，我有一种做梦的感觉，以前想都不敢想，我会来到这里。我不由得想起了我们小时候，村里的老人给我们讲的“谁的帽子”的故事。你听过吗？听过我就不讲了，嘿嘿。

我走到了故宫，但是没进去。门票很贵。不过将来有的是时间，一定会去的。

家里天气怎么样？热了吗？北京开始热了，空气中开始飘一种白白的柳絮。这个东西十分讨厌，走到哪里都是，不断地往人的头发和鼻孔里钻，有的落到了地面，打成卷，卷成好大的一团，风一吹，又飞起来。回到家，衣服上、鞋子上也沾的有。根本不敢开窗，一开窗，它们就滚滚而入……我很不喜欢这种东西，让人老想打喷嚏，他们说要过了五月才会消失。

对了，我把你家里所有枯死的植物都扔出去了。等过段时间发了工资，我再去买一些来，重新养。

祝你一切都好！

花衣

看完了信，应璟去给自己煮了一碗清淡的面。在厨房的地上，她无意间看到自己的影子，好像是瘦了？就摸了摸自己的腰和腿。真的，不知不觉，瘦了好多。以前在健身房花了大价钱，无论多么努力都达不到的目标，现在在无意中完成了。

面也是在门前吃的。正午的阳光将雨季渗入泥路里的水汽蒸发干净。空气中有点闷闷的湿气。饱腹感和湿气让她觉得困倦。她就坐在那里继续晒。一个下午，昏昏欲睡，回忆了一些面孔、一些过往。以前，过得真像一头困兽，在追名逐利中磨损了初心。然后，就到这里来了。突然之间，就变换了地方，这是一种奇妙的转换，是自我放逐吗？不是，是幡然醒悟吗？谈不上。就像是某个早晨，被人从一场早已惯常的牢狱生活里叫出来，释放了，重新走向新鲜的生活。

她想起自己站在楼顶，准备往下跳的那个瞬间，内心那种绝望透顶。她不想忘记，也不愿意细想。人生，可以有很多的选择——她感叹的是这个。一只鸟，都会哪里温暖，朝哪里飞去。何况人呢？

睡午觉呢？客人来了！

阿彪大摇大摆地，在围墙那头，带着好多人来了。大家笑眯眯地鱼贯而入，有人送来了米，有人送来了红糖，有人送来了蜂蜜，还有人送来了热水瓶，都用红纸包装了，是给她的贺礼。

昏昏欲睡的小旅馆一下子热闹起来。

应璟搬出了所有的条凳，忙不迭地去烧水。

只有用薄荷茶招待大家！她说。

喝不惯薄荷茶的，她从包里翻出了一盒从北京带来的速溶咖啡。

大家对咖啡的反应不一，阿彪看见了就连连摆手：吃不来，吃不来。小熊倒是喝过咖啡，慢吞吞端起应璟从供销社买的搪瓷杯，左右打量之后说：哪里有拿这个喝咖啡的哟，人家喝咖啡，用的都是骨瓷的杯子！而且还差个东西，小勺子！我给你们讲啊，那种勺子，小得跟掏耳朵的似的，我第一次喝咖啡都傻了，用手捏着，一点点地舀起来，送进嘴里，连舌头都打不湿，当时心想你妈的这咖啡也太洋气了，多长时间才能喝完啊——后来才知道，那只是用来搅的，不是用来舀的……

哄堂大笑。

马活觉得，喝咖啡，得搭配一点音乐，就掏出了他那个超大功放的山寨手机，还是那个系列：我想要怒放的生命。坐在旁边的曼丽推推他：你小声点，我们说话都听不见了。马活马上把声音调小了一些，但还是很大。

人多了，应璟感觉到快乐。每个人都欢欢喜喜的，还有小孩在跑来跑去。她注意到一个女孩，穿着格子衬衣和球鞋，安静地坐在角落捧着茶杯笑而不语，很快，她的目光转移到了应璟带来的几本书上，就走过去，拿了一本，坐下来看。

热闹之后，客人都散了。应璟开始慢慢收拾。

那女孩留了下来，还坐在那里看书。双肘摆在桌上，肩膀前倾，完全专注于书的内容。

嘿！怎么称呼你？

她抬起头，对她笑了，脸上是一道明亮的光。短发，皮肤很白，耳朵上有颗小巧的耳钉。露出两排整齐细小的牙齿。

我叫李玉。她说话柔声细语。

你是学生吗？

不，我是老师，支教老师。

噢，真好，来这里支教。

是啊，我喜欢这里。空气好，人也好。

你是从哪里来的？

杭州。

你教什么？

中学，英语。

应璟注意到，李玉看的是她的书，《爱的正确打开方式》。

你喜欢这本书的话，送给你了。

真的吗？太好了，她是我最喜欢的作家，我杭州的家里有好多她的书。而且，我发现，你们俩的名字很像噢！你也喜欢她？

还好，这个书名，我不太喜欢，出版商起的。

李玉不知道应璟就是写书的作家，她害羞地告诉应璟，她很喜欢写作，曾经偷偷地模仿应璟写了好多文章。

应璟说：哪天把你写的东西带来给我看看？

天气热了，太阳闷晒。

她必须每天早早起来，去照看她的薄荷。在上游的村民把渠水引去他用之前，她用锄头把檐沟挖开一个小口，水就引进了地里。每日灌溉。薄荷地，绿汪汪的一大片。每天都在静悄悄地冒出新芽，叶茎散发出悠悠的香气，每天都要掐一些下来，它才能长得更好。劳作完之后，手指总会留下浓烈的味道。

依旧没有客人。

但应璟每天都会将所有的房间擦拭干净。然后去晒她的太阳，浇她的薄荷，喝她的茶。

阳光，像蜂蜜一样，透明和黏稠，闪闪发光，照射着每一个空空的房间，静悄悄的。

不太热的时候，她会去串门，到曼丽的小理发店，或者到小熊的广播站坐坐。有时也会去阿彪家。阿彪家的狗见到她早就不叫了。

阿彪是个外粗内秀的人，他老婆情绪无常。所以，应璟好几次过去，都碰见他们吵架。应璟过去没见过农村女人吵架，那种怒火喷涌，拍手跺脚，尖声尖气，让她的心都在颤抖。阿彪小声说：你斯文点，有客人。他老婆就上前，颧骨高耸，压低声音：在我跟你打架之前，你赶紧道个歉完事。阿彪想了想，掉头就走，嘴里说：我去给孙子削铅笔去！

真没想到，不到五十岁的阿彪竟然有了孙子。小家伙在学写字，铅笔头钝了，就来找他。阿彪坐在门口的草堆上，用镰刀削铅笔，旁边坐着小孩，木屑飞弹，弹在小孩脸上，小孩两只肉手赶紧把脸捂住。

每十天，梅雨村会有三次赶集。这个村子，赶农历的初二、初五、初八。

一条小街，到了赶集日，会有四面八方的村民，早早就赶过来，在两边摆摊。卖凉粉、大母鸡、手工纳的鞋底子、水果、竹制品、糖果、小狗、包子、馒头。还有人在地上铺一块塑料布，摆上小五金、布匹、小家电、花花绿绿的儿童塑料玩具、文具、杀虫剂、化妆品，价格都很便宜。

应璟喜欢在街上转悠，学习用当地口音说“少点嘛”、“还有少吗”。

每次赶集，她都会去吃一碗老婆婆卖的凉粉。那是一种绿色的、用豌豆搅成的凉粉，装在竹的圆簸箕里，嫩墩墩的，一摇三晃，老婆婆飞快地用小刀打成片，抓一把到碗里，递给应璟说：调料自己放。第一次来吃的时候，应璟面对一桌子的调料无从下手，凉粉婆婆拿起她的碗，给她示范了一遍：先舀一勺切碎的泡菜，然后撒点葱花，接下来，捏起瓶子倒一点酱油，再来一小勺盐、一小勺味精，亮晶晶的花椒油是必不可少的，喜欢可以多来点，红红的油辣椒必须放，来上一大勺！端起来，筷子挑着搅拌两下，就站在摊子跟前吃。

那酸爽的感觉简直太痛快了！

一碗就够了，应璟克制住自己的欲望，因为一会儿，指不定还要吃一个米粑，还要吃一个热包子呢。她跟村民一样，吃完了凉粉，再提起一个锡壶，倒一点粉水来喝，喝完，心满意足，付钱离开。

吃完了凉粉，她又慢慢逛着，去买一些蔬菜、水果和蜂蜜。

水果都是当季的，早晨刚从树上摘下来的李子，圆溜溜的，带着一层果皮上的灰，装在背篓里。摊主热情地招呼：尝一个尝一个。应璟尝了一口，满嘴唾液分泌出来，真的很酸很酸，只好给个很抱歉的表情。她去买鸡蛋。鸡蛋放在地上，用稻草垫着，上面还粘着草叶和粪土。精心挑选几个，一个个装进随身背的帆布包里。她回去，要将它们一个个洗干净，擦干净，放起来。

集市上的蜂蜜，都是带蜂巢的。拿一个土罐子，把蜂巢夹出来，放进去。再盛上两勺子已经流淌出来的晶莹浓稠的蜜。她是这个摊子的常客，因为薄荷茶少了蜂蜜就不好喝。因为买得多，所以每一次去，养蜂人都会送一小块给她吃。

高山的太阳很毒，应璟发现当地人都不爱戴帽子，皮肤都很黑，但笑容鲜活。

后来再去逛市集，她也不戴帽子了。

春夏交替的时候，她收到了一个在路上辗转了将近一个月的包裹。

里面有一飞给她寄的书、小音箱，还有一些音乐 CD。

院子里的樱桃熟了，满满的一树等待采摘，一串串红得像玛瑙的果子散发着果香。

花衣之前一再告诉应璟，她家的樱桃最好吃。应璟尝了，果真不假。但是这满树的樱桃，她一个人哪里吃得完呢？李玉帮她想了个办法，召集马活和小熊、曼丽过来，一个上午把果子都摘下来，满满两大筐。他们帮她拿到集市上去卖。

这是应璟第一次在集市上当卖家。她很兴奋：尝尝，尝尝。她也对每一个过路的人热情招呼。一有小孩子过来眼巴巴地打望，她就抓一把给他吃。有人来问：少点嘛？她也用本地话说：好嘛！曼丽喊：哪有你这样卖东西的！

两筐樱桃，很快就卖光了。

卖樱桃的钱，她请大家吃了一顿饭。

街上的馆子很小，门口挂着竹帘子，所有的桌子、椅子的年龄应该都有十五年以上，褪色，东翘西歪，油迹斑斑。但是菜式还挺齐全，凉菜、炒菜、蒸菜、豆花，都有。应璟还点了一些时令的野菜，竹叶菜切细，拌上麻油和酱醋，野竹笋炒火腿肉、马齿苋煎蛋，满满一桌子，还不到50块钱。应璟喊：老板，来几碗米饭！那边老板就提了一个蒸饭的木桶过来，满满的一桶饭，放在桌上，你们随便吃！

小熊说：姐姐，跟我们喝点酒嘛！

应璟说：不了。告诉你们一个好消息，今天旅馆来客人了，我一会儿就要回去了。下午要给他们做饭。

这两个客人，是到乡下工作的公务员。他们衣着简朴，话语不多，忙了一天回来，脚上全是泥土，拧开水龙头，洗了把脸。然后用手掬在一起，把水捧起来咕嘟咕嘟喝个痛快。吃饭的时候，他们和应璟闲聊，说梅雨村是条件不错的地方了。他们去过的很多村子，还没有通公路，需要步行或者骑马才能到。他们用手指着湖那面的山，很远很高的那座，那座山上，有村子，有人家，我们骑马过去要骑整整一天。晚上没有地方睡，都是在村民家穿着衣服，睡在地上。

他们在小旅馆住了两天，第三天天还没亮，就背起水壶，骑上马去下一个地方了。

两个月后，马活终于把给应璟做的铁皮热水器送来了。其实，就是一个四方的铁皮桶，内置一根加热棒，外面接一个进水管和一个水龙头。

他把它钉在墙上，然后从梯子上下来，抱着双手，用欣赏的目光注视了半天。然后对应璟说：这是我做得最大、最好看的一个。记住，要关了电再洗。

晚上，应璟把水龙头拧到最大，把头钻进倾泻而下的热水里。

这可真是——

幸福。

姐姐：

昨天，舞蹈团举办了一场演出，来了好多名人，都是来看舞剧的。我真的好兴奋，因为他们离我特别近，还从我手里接过矿泉水。原来在北京可以这么容易就见到这么多名人，真好！不过说实话，明星本人，真的没有在电视上那么好看哪，个子没有我想象的高，样子也和普通人差不多。我敢说，我们村里的好多女孩走出来，都比这些明星漂亮！

演出完了，我和团员一起去簋街吃夜宵。聊天的时候，才知道他们大多数都不是北京人，都是来北京闯荡的，我觉得他们都是很有理想的人。有个演员要回家了，说他家里人给他买了房子，条件就是要他停止“北漂”，因为他的父母觉得当舞蹈演员工资不高，却很辛苦，还要承受身体上的伤害，很不值，就让他回家去开火锅店。大家都为他送行。后来谈到为什么留在北京。听到的理由真是各种各样。大家都说，要跳舞，最好是留在北京和上海两个城市，只有在这里，可以做一个纯粹的舞蹈演员，去了其他城市，就只能去教小朋友跳舞，或者去电视台伴舞。还有人说，留在北京，如果想换工作，还能换到一个自己喜欢的，比如，不跳舞了，可以去话剧团，或者当模特，但是在老家，基本上都会被逼着去考公务员。还有，在北京生活，能认识来自全国各地的不同类型的朋友，商场里卖的衣服都是最新款的。有很大的电影院，不倒闭的书店，咖啡馆里能买到好的咖啡。

他们问我现在觉得北京哪里好，我想了想说，不管再晚，街上都有人，还有24小时的商店。咱们胡同出去的那一条街，就能吃到北京烤鸭、川菜、天津煎饼、桂林米粉、沙县小吃、西安肉夹馍。他们都笑了，问我吃过几家，我说，目前为止，只吃过天津煎饼。

散了的时候，他们问我住哪里，我说住在这个小区，他们都很吃惊，问我怎么租得起这么贵的房子，我说住在你家里，有两个女孩惊叫了起来，原来，你是一个很受欢迎的作家，有好多人，都是你的读者。

我现在也算是“北漂”了。娟子让我去办个暂住证，说方便给我上保险。过两天，我就去办个暂住证。

祝你一切都好！

花衣

流云迅疾。

雁过无声。

时间，在山湖间慢慢流过。

不知不觉，院子里的土墙已经爬满了牵牛花。

牵牛花的种子是李玉带来的，课余时间，她喜欢去野外采各种各样的野花种子。牵牛花种是最容易找到、也是找回来最容易栽种的。

这种花生命力极其强韧，撒在土里就行。李玉说。

应璟沿着围墙撒下了种子。很快，它们就钻进泥土，落地发芽。

它们的枝叶蔓延的速度非常快，攀在墙壁，缠缠绕绕地往上长。一朵一朵往上开，在风中轻摇。应璟过去从来没有那么仔细地观察过一种花，她惊叹植物的神奇，竟能开出那么多娇嫩的颜色。白、粉、紫，温情的渐变，作息规律，每天清晨鲜丽绽开，傍晚收敛休息。

马活也挖了一棵金银花来送给她。它的枝蔓要粗壮一些。应璟将它栽在卧室的窗下。

金银花，要细碎一些，白色和黄色，一串，一串，推推挤挤地开着。

八月，所有的植物枝蔓疯长，暗香满院。

闻花香，是纯粹的快乐。

夏夜睡觉，把窗子都开着。风把香味送进来。那种甜香的气息，让她睡得更沉静。

应璟把李玉的文章寄给了北京杂志社工作的朋友。她给朋友留言说：

我给你推荐这篇干干净净的文章。诚然，她写得不够成熟，但是有未经雕琢的可贵之处。

如果能用，请给我寄两本样刊。

# 7

湖水坦然，不问岁月。

最近因为太热，她就没有出门。独自生活，已经保持三天不说话了。这对她过去来说，是不可想象的。就像是一种自然而然的修行，没有刻意，就做到了。她体会到，无言，竟然是那么好的一件事情。

不是每天都写微博。白天，她觉得该写了，就去开电脑，插上网卡，坐在窗前。一只喜鹊在树上跳来跳去，喳喳喳喳，一再打断她。

晚上。换上一件洗得褪色的T恤，柔软、陈旧，坐在窗前，面对漆黑的夜，就开始想说些什么。

多少次，又多少次。我们试图用一切标准来安排生活。总是不得圆满。

不如索性让生活来安排一切，只管放弃期待。不一定会更好，但肯定坏不到哪里去。

云压得很低，一阵狂风，随即雨就来了。没有过渡，直接倾盆而来。

应璟还没来得及去关窗，笔记本电脑突然关机。

一片黑暗。

停电了。

窗外暴雨如注，大风肆虐。

一定是风把电线吹断了。

雷声，响彻整个山谷。闪电，瞬间照亮房间。应璟感到胆战心惊。还没去找到蜡烛，脚就踩在了水里，脚还没从水里出来，头顶又一阵冰凉，房子漏雨了！好几个漏雨的部位，最严重的地方，正好对着床。外面是瓢泼大雨，屋里是滴答滴答的小雨。她在黑暗中寻找所有能接雨的东西，但作用甚微，只好鼓起勇气，拿上塑料布，爬上房顶去。

应璟第一次体会到雨水敲打在脸上的疼。风疾速而来，不到一分钟，她身上就湿透了。塑料布能够起到一些作用，但是风很大，轻易就吹开了。她尝试掀起瓦片盖住塑料布的时候，一下滑倒，整个人瞬间就吊在了房檐边上！

攀在屋檐，进退不得。应璟感到从来没有过的无助。住得最近的人家都已经熄了灯。她清楚地知道，呼救不会有用。

真是恐惧到了极点。

放手。她想。

往下看看，这两层楼。

高吗？不高。高吗？高！

快要坚持不住了。

放手吧，掉下去。

接受一切放手后的结果——这是她最后的决定。

嘭的一声，她落在了地面的泥水里。一阵剧痛，接着是一阵眩晕。瓢泼大雨中她躺着，来不及抹一把脸上的雨水。

过了好久，她动了动手脚和腰，还好，都能动。索性彻底在那里躺一会儿。巨大的闪电划破天空，接着雷声震耳。家家都门户紧闭，没有人会来帮忙。雨水噼里啪啦。浑身湿透。

倒也痛快！她索性摊开四肢，闭上眼睛。

我来帮你！一双沾满泥水的脚出现在她身边。

一个穿着雨衣的男人。看不清脸，但他的声音让她没有被吓一跳的感觉。他伸出手，一把，就把她拉了起来。

能走动吗？

还行。

两个人湿漉漉地回到房间。

应璟找出蜡烛，他掏出火机。屋子亮并温暖了起来。

这个男人掀开雨衣，胡子拉碴，眼神清亮。背上有个双肩包，不像是当地人。大概，35 岁的样子。

她去找毛巾。

明天，我帮你把屋顶修好，他说。然后坐下来，掏出包里的东西检查是否进水，应璟观察了一下，那是一部很专业的相机。

他叫郑大沥，是一个摄影师，已经连续几个月在大山里追拍“云海”。村里的人都认识他。他早就得知村里有个女人来开了一家旅馆。今天下山遇到雨，就直奔过来。谁知道看到老板躺在地上。

他说他的脚受了点伤，需要在她这里住一段时间。

行！你今天帮了我，给你打五折！应璟很爽快。

应璟没有问过大沥，他是从哪个城市来的。听他的口音，应该是南方。大沥也没有问过应璟什么。很好的店主和房客，似乎从来没有好奇心，根本不想探听什么。他帮她接好了电线，修好了屋顶，还帮她在院子里挖了一条排水沟，这样，再下雨，雨水就会从屋檐滴落到水沟，再流到院子外面去。他住在她这里，每天交流得最多的就是今天吃什么，仿佛不是来了个住客，而是一个厨子。

应璟觉得庆幸，因为在他来之前，她吃得实在是太简单了。像去市集上抱一只母鸡回来烫毛掏腹这种事情，她一辈子都是不会去做的。

大沥暂时放下了工作，虽然腿脚有些不方便，但他并不打算放弃美食，准备用一段时间，一瘸一拐，一心一意，对付吃的。

他是非常讲究的人，会为了炖好一锅鸡汤专门去邻居家要一小碗老甜酒。烧柴火，大铁锅，慢慢炖，咕嘟咕嘟，咕嘟咕嘟，锅盖被热气掀开，烟囱里冒出来的都是香气。

鸡汤，放一点甜酒会更醇厚香浓。暖暖的一碗，浮着黄色的鸡油，先喝上一碗，再啃两块肥嫩的鸡肉，半饱之后，再用鸡汤泡点饭吃。这一天过得，也就没什么遗憾了。

他们在院子里的樱桃树下吃饭。没有尘土的侵袭，空气中带了点夏季阵雨过后的凉意，在树下吃饭是一件愉快的事。只是要不时把来访的蜜蜂、瓢虫和蜻蜓赶一赶。

樱桃树的果子被摘掉以后，叶子变成了墨绿色。

喝汤之余，两只癞蛤蟆从他们身边跳过。

应璟说：下完雨之后，院子里的癞蛤蟆和蚯蚓就特别多，你能帮我把它们请出去吗？

大沥说：不奇怪啊。你怕它们？

嗯，它们长得太不好看了，尤其是蛤蟆，叫声又大。完全不知道怎么把它们赶出去。

我来！大沥起身就抓了一只。

哎哎！别杀啊，放出去就行了。应璟大声喊起来。

看得出，大沥是个自律的人，每天作息都一样：清晨 7 点起床，在水缸边洗漱，然后做早饭。早餐结束后，在院子里喝茶，看书，或者帮应璟在薄荷地里干干活儿。11 点做午饭，午餐后，整理照片。下午两点午休，午休起来继续整理照片，然后做晚餐，晚餐过后出去散步，散步回来，再整理照片，晚上 10 点入睡。

赶集的那天，他也会出去一趟，抱些蔬菜和茶叶回来，顺便带一大把紫色的野花，有时候是不知道从哪里采来的白色清丽的栀子花。他用线把它们穿起来，送进每个房间，挂在窗台上。

你想在院子里种点蔬菜吗？有一天他问。

行啊！应璟说。

然后他就抱了一些竹竿、种子、秧苗回来，开始松土，栽种。

他住进来不久，旅馆又来了一个客人，是一个脸色苍白的姑娘。她是应璟每一本新书都买的读者。一见到应璟，她的眼睛就开始湿润，说：我是看了你的微博，专门来找旅馆的。应璟给她安排了一个推开窗就能看见湖水的房间。这个年龄，一个人出来，经常出神发呆，动不动就会眼睛红的女孩，一定是失恋了。她没问那么多，只是告诉她，有任何需要，都可以告诉她。

要是不介意的话，你可以跟我们一起吃饭。应璟说。

姑娘是南方人，她来了以后，大沥每天做饭，桌上会多一道不辣的菜。

姑娘，你太白了，要多晒晒太阳，我这把“日光专座”，可坐可躺，就先借给你了。你带防晒霜了吗？擦上点，这里也算高原，很容易晒出雀斑。大沥一边大口吃菜，一边说。姑娘点点头，刨着饭，她话很少，却一直想找个机会跟应璟聊聊。应璟知道，她到这里来，是来寻求帮助的。晚饭过后，她邀请她一起去湖边散步。

那天傍晚的风很大，所有的树，都在摇动。摇过去，又晃回来。耳边呼啸声起，树枝越压越低。

她们走在去湖边的路上。应璟听到了一个“她”的故事。

二十出头，爱上了一个人。明明知道不可以，却难以自控地沉迷下去。他给她最好的物质生活，想要的，没想到要的，都给她。但她最大的期望，就是能和他度过一个完整的夜晚。这么简单的愿望很难实现，甜蜜和扎心，往往就在一个他太太来电的瞬间转换。越渴望占有，就越无力。一夜又一夜地哭泣，一天比一天苍老，她为此暴瘦，割腕、酗酒。

这个月的某天，她发现了自己的第一道皱纹。

这一次，我是真的决定要离开。只是，觉得，前面，没路了，但双脚，还习惯于走向他。我不知道，如果每个月他不再给我钱了，我去找一份工作，每个月月薪最多三千，我能不能习惯？

她在湖边伫立，颀长的脊背楚楚动人，头发乱飞，迷茫地看着远方。

应璟用手捋住头发：酗酒、割腕，当你做一切伤害自己的事情时，想想你的父母该如何心疼……只有最亲的人，才与你有切身之痛。不要期待每个人看着你沉沦、受苦时，都为你难过，能给你同情和安慰。没有人会，包括你爱的这个人。

这种关系，永远没有合适的方式。只有黏或者断。这个世界，彼此相爱，无法相守的人太多了。谁也无法评说这爱是不是正确。这不是你一个人的错，另一个人、时间、地点、缘分，都错了。不需要刻意躲避。你只是要晓得，除了自己，没有人能保护你、保护心不受伤。为何要一次又一次地让自己受伤，去等待一个不知道什么时候会来、又不知道什么时候离去的男人？

姑娘说：我本来打算，这一次出来，就不回去了。永远不见他！永远不再相信爱情！离开那座城市，远走高飞。但是，想想我的爸爸妈妈，他们怎么办？他们只有我一个孩子……

应璟笑了，似乎每一个年轻人，都曾经想过决绝地“远走高飞”。

伤口和疼痛的愈合，可以靠时间，不一定非要“走”。不要相信“时间和距离能治疗一切”这种话。远走高飞，也只是一种幻象，离开是一种勇气，回去，抵抗一切，并且遗忘，需要更大的勇气。

千万不要再说“不再相信爱情”这样的傻话。“爱情”没有招谁惹谁。你还年轻，经历一两次痛彻心扉的感情，没有什么。

关于物质生活的不舍，你只需要正视自己的贪心就行了。总有一天，你会发现，其实你可以不需要任何人，也可以过得很好。

晚霞越来越红，风越来越大，山和湖包围着这两个女人。

她们走了很远，又走回来。

回去的路上，暮色将尽。应璟突然听见远方传来嘭嘭的声音，那是篮球在地面的弹跳声，她说：我带你去认识一个和你差不多大的女孩吧。

她们跳上另一个田坎，拐上另外一条路，去了梅雨中学。

三间平房，一个操场，就是梅雨中学。

李玉正在和学生们打篮球。

摇摇欲坠的篮球架，旁边立一个高高的树桩，挂了一个光线微弱的灯泡，青春洋溢的李玉在灯光下跑动，跳跃，躲闪，灵活又攻击性十足。她是那样专注和快乐。看见了她们，她把球扔了个漂亮的弧线给篮板，朝这边跑过来，马尾辫在脑后一摇一晃。

李玉带她们去了宿舍。一个只有十平方米的房间，和她的人一样，平淡朴素，洁净简单，桌上有书和她用采集来的种子种植的绿植，一盆凤仙花开得正红，墙上贴着用毛笔抄写的诗。

这些都是什么植物？女孩好奇地摸了摸一棵叶子奇特的植物。

这个我也不知道，我在山上看见它，特别漂亮，就挖回来了。

这个字是你写的？

嗯。

你在这里教什么？

英语。

有工资吗？

没有。

啊？那你靠什么生活？

在这里，花不了什么钱。

你要在这里教多久？

我报的是两年。

两年以后呢？

回杭州，找一份工作。

啊？！你是杭州的呀！好近！我是苏州的。女孩坐在床上，兴奋地蹦起来。

是吗？那真的好近！李玉在凳子上，也兴奋地蹦了蹦。

同龄的，都来自城市的女孩子，总是能聊到一起的。她们讲到了小时候逛公园，最喜欢骑的旋转木马，以及一点杂质都不添加的牛奶冰棍，讲记忆中没有雾霾的天空，郊游，还有大学生活，讲不完的大学生活。

聊到深夜，意犹未尽。

最后她们各自留下联系方式，相约未来再见。

姑娘在“不失眠旅馆”住了三天，走的时候，她对应璟说：

谢谢你，我会记得这一切。

姐姐：

你吃过北新桥二条巷子口的那家煎饼吗？

从我们舞团的那个胡同走出去，右转，再走几分钟就到了。

北方人做面食，真是太绝了。绿豆面一勺，在锅上推开，摊成饼，打一个鸡蛋（偶尔我会多加一个），在鸡蛋快熟的时候，快速地抹上酱和辣椒，撒上葱花和香菜，翻个面，裹上脆饼，包好。真是太香了。我最近的晚餐，就是一个煎饼，别看简单，我很满足。

作为一个新“北漂”，我已经拿到了暂住证。拿证的过程非常简单，办事的警察也非常和气。为了更好地了解这个城市，我最近开始了一个“一周一个公园”的计划。每个星期六，去一个不同的公园。上周，我去了最近的地坛公园，那里虽然在城市中间，但是特别安静，有很多古树和老人，走在里面，心特别安静。特别是傍晚的时候，夕阳在红墙上铺上一层黄金一样的颜色，我想，这里一定是最充满北京气味的地方。虽然我是这个城市里，很小很小的一个人，在这里，谁都不认识我，但是我仍然能看到这一切，享受这一切，我和一个北京人有什么区别呢？

今天，我去了景山公园。只花了两块钱，就站在小山上看见了整个故宫。今天的天气还特别好。心情好得让人想唱歌。

说到唱歌，我跟团员们去过一次钱柜KTV，感觉不太好，就是一个人拿着话筒，其他人坐在那里听，或者玩游戏，特别地吵。这是他们很喜欢的娱乐，我却在里面坐立不安，幸好还有自助餐。我以后再也不想去这样的地方。

舞团的院子里，有一间小小的咖啡馆，面积只有我家堂屋那么大，还带一个不大的天台。忙完了工作，我喜欢去那里和咖啡馆的店员聊天。在那里待久了，又认识了好多人，有弹吉他唱歌的，有摄影师，还有做建筑的、做文身的，他们都是很有意思的人，好像对什么事情都很有兴趣，经常约着一起去骑车，爬山，他们还带我去看过一次话剧。话剧是老外演的，一个多小时，就在台上比画动作，一句话都没有，我完全看不懂。

有一件高兴的事，还要和你分享一下。

在舞团，做完了卫生，我就坐在地上（我发现他们都可喜欢坐在地上）看演员们排练。现代舞，真的很好看，所有的动作都那么舒展，看起来都好自然，看着看着，我心里痒痒的，有想伸展身体的愿望，和他们一起跳的冲动。娟子过来问我，想不想跳舞，我说我不会啊，从来没跳过。她说没关系，她要办一个面向社会的培训班，如果我喜欢的话，可以跟着他们一起上课，还不用交学费。我当时就答应了。

还有一件高兴的事是，我拿到工资了！1500块。虽然不多，但我很满足。娟子说，舞团现在也很困难，将来好了，再给我涨工资。拿到了钱，我本来想去买个手机的，但还是算了。我在乡下，没有手机，照样过得很好。我要把钱存起来，去找我大伯（我只有一个他的手机号），找到了大伯，才有可能找到我父亲。北京太大了，也不知道他在哪里。

祝你一切都好！

花衣

姑娘走后，老余来了，一个在官场失意的男人。

他并不是应璟的读者，只是因为长期受到失眠的困扰，所以在搜索栏搜“失眠”二字的时候，无意间进到应璟“不失眠旅馆”的微博。然后，他就背着一个很小很小的包，坐了几十个小时的火车，又转汽车，从大西北来了。中年男人，风尘仆仆，一头乱发，皮肤留着长期风吹日晒后的颜色和纹路。掩饰不住的疲惫，眼睛里有血丝，也有光。

这是个自带乌云的人，仿佛一颗毒药，坏情绪随时释放在空气中，靠近你，巨大的沉重感就压下来。入住的第一个夜晚，他的咳嗽声响彻旅馆。应该是一夜没睡，第二天应璟为他打扫房间，发现一缸子的烟头。

他和他们一起吃饭，从包里摸出一瓶白酒，就和大沥开喝。

应璟负责给他们煮花生。

老余喝了酒，就开始痛骂。

他心里有太多不满的东西了。酒杯砸在桌上，满脸的破碎。

年轻时，满腔抱负，有过错觉，觉得前路平坦，一步登天都有可能。后来才发现，我把自己放在一个错误的位置已经太久了，所以被挤掉……关于这个，我并不遗憾。只是，我老婆走了，她要离婚，说终于认清了我。哥们儿，这让我感到困惑！——我们在一起生活了20年，有过冲动，有过厌倦，从来就没有想过分开，却因为丢掉一份工作就被“认清”了？什么是“认清”？我有什么可以被“认清”的？仅仅是因为我不愿意妥协，不愿意和一些人同流合污？我被辞退，一点不觉得耻辱。被女人抛弃，很耻辱！

大沥喝得也不少，从脸红到脖子。在他不喝酒的时候，你会误以为他是个天生安静的人——老哥，他重重地拍拍老余的肩膀，你可能都不会猜到，我以前是做什么的。我，以前是个医生，眼科医生，听着还不错吧！后来，我也辞职了。我喜欢摄影，我就干摄影！我喜欢山，我就到山里来，我喜欢云，我就来拍云海！这，才叫活着。所有的人，包括我妈、我爸、我家亲戚，都不理解。不理解就不理解。关于工作，很多人都有一种误区，以为走上了一条道路，就应该无休止地走下去。其实，哪有什么永远坚实可靠的路。太多人太自以为是，目光太短浅也就罢了，还要强迫你和他一样！老哥，人，完全可以放弃别人认为的好路，走自己的！相信我，这世界上没有饿死人的路。你被辞退，干得好！失业、离婚，算什么耻辱？真正的耻辱，是别人给予你的，你必须要摊开双手接住！还有你老婆，你们当年结婚，像现在的年轻人一样，许诺了吗？“无论贫穷、疾病，好或坏，都彼此相爱珍惜，永不离弃，直至死亡……”许诺了吗？没有！没有过诺言，她也就无须履行，离开你是正常——圆满的结局，永远是不可触及的，生命的本质是无法圆满，老余！

大沥又把酒给满上，话还有呢，坦然接受这一切，是最好的选择。骂，永远都不是最好的解决办法。困顿，只是暂时的，会有方向和出路的。永远别低估自己重新开始的可能性。你不做公务员了，还有好多可以做的事情嘛，哪怕回去开个小面馆，也可以做到风生水起。

应璟吃着煮花生，第一次发现，大沥那么能说。

大醉之后，老余回到房间，倒头就睡着了。

第二天，他一个人上山去了，一去就是一整天，傍晚才回来。接下来的好几天都是，谁也不知道他去了哪里。

有一天，他们三个一起去散步，在湖边走着走着，老余突然脱掉了鞋子和上衣，纵身扑入湖水。他游出去很远，脚蹬着黑乎乎的水草，在波涛中，探出头，又消失。翻滚，起伏，扑打。冰冷的水没过他的全身，他用尽全力地在水中睁开眼，吸一口气，再冒出头痛快地喊叫。

应璟和大沥站在岸上看。

应璟问：你在这湖里游过吗？

大沥说：游过，水，非！常！凉！但是，游过之后，脑子特别清醒，思维敏捷了好多。

应璟打了个寒战，她说：

总有一天，我也要试试。

老余走之前，带他们上了一次山。没错，是他带他们去的。因为他每次从山上下来的时候，口袋里总是鼓鼓囊囊的，应璟问他那是什么，他就变戏法般掏出好多野果出来给他们吃，这让应璟惊喜不已，要求让老余带她去摘。上山的路并不好走，他一边走，一边说：以后，你们到新疆来。最好是秋天，满山都是好东西，瓜果葡萄不用说了，地上的野草莓，吃都吃不完……他把他们带到一片浓密、原始、杂乱的树林里，不知名的蔓藤缠绕着树木生长，树木狂野地舒展着枝叶，但肯定有人来过，因为路边偶尔可见马粪和人的脚印。

老余大步朝前，一路打探，在一片刺笼中，果实累累。他小心翼翼，避开了刺，摘了一颗类似于覆盆子的圆溜溜的果子递给应璟：这种，好吃。

一颗结结实实的果实，柔软，闪着光泽，放进嘴里，轻轻咬一下，立刻果肉爆裂，甜香四溢，好吃死了。

那种舌尖的惊喜，让好心情管也管不住。应璟开始兴奋起来，二话不说，扑入笼中，拼命地摘，一边摘，一边说：给李玉送点去，给马活和小熊送点去，给曼丽送点去，还有给阿彪家那个坏小子送点去……

等她摘满沉甸甸的一篮子，大沥也从远处过来了，手上还多了一把菌子。

今天运气好。晚上吃山珍！他高兴地说。

应璟知道这山上随处可见各种菌子，但她不敢随便摘。反正想吃就去集市，各种各样可以吃的菌子堆着卖，便宜得不得了。

回到旅馆，应璟不顾去清洗已经被染成紫色的手，开始铺开几张芭蕉叶，将摘到的果子小心翼翼倒上去，筹划怎么将它们平均分享出去。

大沥凑过来说：别分了，干脆都把他们叫过来吃饭得了。

应璟看了看渐晚的天空，做饭还来得及吗？

有好吃的，永远不嫌晚。我来给他们打电话，叫他们一人带一个菜——你放心，我一说今晚有炒菌子，他们肯定都来了！

果然都来了。

樱桃树下的木桌，都快摆不下了。

小熊带来了两截煮好的香肠。

李玉带了煮的玉米和土豆。

马活带来了半只板鸭。

曼丽带来了一只篮子，篮子里装着新鲜摘来的杏子，这些杏子已经熟透了，香气扑鼻，部分还有黄蜂咬过的斑点。

阿彪的老婆已经做好饭了，听说有聚会，他叫他老婆煮面吃，把菜全打包拎来了。

大沥把菌子撕开，切几个青红辣椒，柴火烧大，倒油，一起爆炒。然后狠狠拍几个蒜瓣，粗暴地扔进锅里。

那味道香得人口水直冒。

菜还不够，再切一个西红柿，浇上蜂蜜。他命令应璟道。应璟来到庭院角落，那里的杂草和西红柿长得很密，因为已经熟透，有一颗西红柿已经绽开了裂纹，应璟把它拧了下来。

两张木桌在樱桃树下拼接起来。椅子不够，大沥把灶房里的小凳子也拉出来。应璟把一个插满野花的陶罐子搬出来放在桌子中间。晚霞即将退去的时候，大家围坐在一起，

暮色沉静。远山的轮廓逐渐隐没。热风不减。月亮在山头露了一个半圆。

老余上午刚去曼丽那里剪了头发，胡子修得整整齐齐，他精精神神地说：你们出菜，我出酒！然后就从包里掏出带出来的最后一瓶西北烈酒，给每个人都倒上。

这瓶酒喝完，我就回家了，老余说。

菜好吃。

酒好喝。

聊的都是开心的事。

月亮升起来，把湖水照亮。

喝了点酒，应璟看每个人的脸，都好美，好好看……

老余照旧红了脸，有滋有味地吃着菜，咂着每一口酒。应璟看他，他头顶的乌云，已经不见了。

湖面吹来一阵风，应璟突然想起了什么，起身进屋去拿了一个拆开的信封出来。说：各位各位，今天，我要给李玉一个惊喜！

李玉惊讶地接过一本杂志。

杂志中间夹着一片树叶，她很自然，就翻到了那一页，惊喜地发现，那里有她写的那篇文章。

她既高兴，又羞涩，一时不知道该怎么办。

念一念，念一念。大家起哄。

李玉脸红。

曼丽着急上前，把杂志抢过来说：我来念吧，不认识的字我问你啊！

人很幸运，能和花这么美好的东西一起生存在这个世界。

我爱种花，是因为，一棵植物，从来不会辜负我的付出。

只是，我得有足够的心理准备，来迎接它的盛开和败谢。

当花瓣枯萎了，我会安慰自己说，明年它还开。而想想自己在一天天地老去，不能从头再来，我该怎么安慰自己呢？

曼丽慢慢念。

每个人，都在认真地听。

马活听得尤其认真，脸上是沉醉的表情，曼丽带着口音的普通话，到了他的耳朵，就如天籁一般……

应璟看着马活，马活看着曼丽。应璟想，他喜欢她啊！

姐姐：

如果说，北京有什么不好，那就是雾霾了。

我真没想到，大城市的空气会糟糕到这种地步。今天我推开门的一瞬间，都以为进错了世界，跑到外星去了，整个天地一片灰蒙蒙的，连很近的高楼都看不见了，空气太呛人，我只是坐了一段公交车，嗓子就开始疼了。到了团里，娟子给我们发了口罩。这种拱形的口罩我还是第一次见，特别厚，戴在嘴上特别不舒服，出气都不顺畅，可把人憋坏了。但是娟子说，不能不戴，空气里的颗粒要是被吸进了肺里是排不出去的，想想真可怕！

还有堵车，简直太折磨人了，那么多汽车，密密麻麻地排在路上，尾部全都喷出废气。有时，一堵就是一两个小时。我最害怕的是所坐的公共汽车，正好停在另一辆公车的排气口那里。那股热气扑上来，让我头晕脑涨，喘不过气。

我特别想念马湖。相比之下，我们那儿的空气是甜的。

还要告诉你一件事，我终于鼓起勇气打电话给我大伯了，还去工地找了他。

虽然都在北京，工地和舞蹈团，完全是两个世界。大伯他们都住在临时搭建的工棚里，条件特别差，到处都是灰。

大伯给我讲了一些我母亲的信息，说她是河北人，个子很小，说话细声细气，穿着很干净。生下我以后，我父亲变得很爱喝酒，喝醉了会打她。这让她非常失望，后来就走了。这个说法和我奶奶说的不一样，我奶奶说的是，我母亲嫌弃我们那儿穷才走的。我父亲是个木匠，手艺很好的。我母亲走后，他出来到处找都找不到，整个人彻底废了，手艺也废了。整天就是喝酒，丢掉了工作。后来他也找不见了。我大伯也没有他的消息。

听他那样说，我忍不住哭了。我问他，为什么我有这样的父母，难道他们真的彻底忘记了我吗？当我不存在了吗？我是个人啊！他们两个人，到底在做什么？为什么一个都不回来看看我？他们是死是活？

我大伯也流泪了。他说他们家，对不起我。他还说，他上次见到我，我还是小婴儿。如果不是再次见到我，他也不会发觉十几年这么快地就过去了。他离开家乡太久了。他说，没想到，在北京，还能见到亲人。

我想他这些年在北京，应该过得十分不易。不然，总有钱回趟家吧。

大伯的手又红又肿，布满裂口，我深刻体会到，什么叫生活的不易。

走的时候，我偷偷在他枕头下塞了两百块钱。我只有这一点能力，他拿去买一条烟抽也好。

虽然在找父亲这件事上，我一无所获，但是总算是见到了一个亲人。想起这个，我又特别难过。

祝你晚安。

花衣

# 8

今天看见了银河。
那样宽广，在黑夜里散发光芒。
上一次看见银河，是 20 年前了，
那时，我还是个孩子。

大沥走了。

没打招呼。

一天起来，应璟发现他的房间收拾得干干净净，人不见了。相机包也不见了。她试图在桌上找到一张纸条，或者打开手机看有没有短信留言什么的。没有。什么都没有。一个房客，房费早付过了，走是很正常的。她不明白自己为什么要去寻找。

她不去想了，把大沥的房间关上，去赶集，买菜，然后去找曼丽。

曼丽的店很小，只有一个狭小的洗发床，一个理发椅。墙上贴着应璟一个都不认识的韩国明星照，空气里是染发剂的味道。

半年多没剪发，齐耳的短发已经到了肩下。她已经可以双手反到脑后，轻轻一翻，绾成个发髻。但是长发，让她觉得有些累赘。

剪多短？曼丽把工具包往腰上围。

刚好能扎起来那种就行。应璟揉揉刚洗过的头发。

我给你剪一个最流行的发型怎么样？芒果台的主持人那种，稍微挑着染点颜色。

不用了，谢谢。就是剪短就好。

好吧。

曼丽抽出一把剪刀，开始干活。

我看马活很喜欢你啊。应璟一边看着镜子里的自己，一边说。

我知道。

那你喜欢他吗？

喜欢呢。

那为什么你俩不要朋友？

我名声不太好，配不上他。

啊？

我以前叫李丽，到读完中学都是叫这个名字，后来我出去打工了，为了好听，把名字改成了李曼丽。在外面很多年，我带了一些钱回来，村里人开始说闲话。

说你什么？

说我在外面从事不好的职业，还给人家当情人，什么难听的都有。

你管别人怎么说呢！一个乡下姑娘，难道就不能外出之后，换一个好听的名字，穿得漂漂亮亮，带着钱回来吗？

我当然不介意，但是马活，他介意吗？这是个小地方，他要是跟我好了，走到任何地方，都要被别人在背后议论的。

应璟去找马活的时候，他正在给人家翻修屋顶，她把他喊下来。

你喜欢曼丽是不是？应璟开门见山地问。

在过去，她绝对不会做这么三八的事情的。但是不知道为什么，在这里，她就是想管一管这件事。

姐，你好直接。马活低下头，抓了抓脑袋。

我问你，你介意她的过去吗？

马活像弹簧一样抬起头，一点不介意。

真的一点都不？

马活急了：当然！哪怕别人说的是真的，不管她做过什么，我都不介意！——我告诉过她，但是，她总是顾虑重重。

流言很可怕的。

我才不管那些。她害怕，我不怕！

那就勇敢地在一起啊。

她不敢啊，总是逃避。

那我教你一招吧。她怕村里的人知道你们相爱吗不是？那么你就偏要让全村子的人都晓得，你大大方方地爱她，所有人大大方方地知道了，她自然也就没有顾虑了。勇敢一点，这不是盲目，更不是自不量力，你俩稍微努一下力就能获得的幸福，还在等什么等？

也对。马活点头，若有所思。

那么，你敢不敢，做一件浪漫的事？

几天后，一个赶集日。

村里所有的喇叭，挂在树上的，挂在屋顶的，还有挂在篮球架上的喇叭，都响了，传来了马活不太标准的普通话：

曼丽理发店的李曼丽，曼丽理发店的李曼丽请注意，我为你点一首歌，一首最好听的情歌，表达我对你真心的感情。祝你工作顺利，万事顺心。

田地里的人们抬起了头，摆摊的人们站了起来，孩子们暂停了玩耍。马活话音落下之后，呲里哇啦乱响了几秒钟，传来了一首抒情歌曲的前奏。村里的广播里，从来没有出现过钢琴声，前奏之后，汪峰深情地唱起了：

窗外那片娇艳的花丛，
就像记忆中闪亮的瞬间。
墙上那片婆娑的暗影，
唤起我心中无限的思念……

阿彪中断了他的会议，跑到挂着喇叭的树下去站着听。
小熊就在广播站，在马活身边。你害得我要哭了。他说。
应璟坐在旅馆的院子里，喝着茶，听着这歌。
她第一次觉得汪峰的歌这么好听。

姐姐：

我问过娟子，我现在19岁了，才开始学跳舞是不是有点晚。娟子说，只要你内心想跳舞，60岁学都不晚。她问我是不是真心喜欢跳舞，我说是的，她说那就好，你会有更多的毅力坚持下去。

跳舞确实需要毅力，别看现代舞团的演员们在台上轻柔地跳跃、起舞，背后不知道下了多少苦功。我从开始练习基本功就体会到这一点。刚开始的我，弯下腰，手连地面都摸不到，感觉身体特别硬，稍微往下一点，腿就疼得厉害。后来，参加了基本功的训练，慢慢练习，一点点克服了痛感，现在身体柔软多了。我体会到，如果只要舒服，就不会有一点进步，有时候，忍住疼痛，是进步的必要条件。

我们每节课都有一个时间段，娟子给我们放上各种各样的音乐，让我们自己去感悟音乐表达的东西，然后去自由地跳，去表达音乐带给自己的感受。这是我最喜欢的一段时间。光着脚，踩在黑色的地板上，这让我觉得非常地享受。有时候，我感觉自己就是阳光下的一颗灰尘；有时候，我感觉是我家门口路边的野草；有时候想象自己是天上的云，轻轻飘飘，合拢又散开。

我们这个班，刚开始的时候，有12个学员。都是对现代舞有兴趣的女孩，她们有的是大学生，大多数是在公司上班的，还有一位家庭主妇。第一节课，大家都兴趣盎然，下了课，还意犹未尽，拉着老师问各种问题。但是到了第三周，就已经开始有学员请假了。加班，家里有事，来例假了……什么理由都有。有的请了一次假，下一次课还来。有的请了一次假之后，就再也不来了……我上到第四个星期的时候，不小心把脚指甲撞劈了，整个指头肿了起来，撕心裂肺地痛，我也想过找借口不去上课，但我告诉自己，不能这样，再坚持一下，等音乐响起，就不痛了……每次上完课之后，大汗淋漓的那种感觉简直太好了！现在，我们班，还有6个人坚持每节课都到。在那位家庭主妇的身上，我看到了跳舞给她带来的变化，她刚来的时候，有些胖，有些驼背。现在，她瘦了一些，走路腰打直了，挺胸抬头，很有气质。

最近我学到了一个词，叫正能量。我觉得跳舞是最能给人带来正能量的了。不管平时有多累，多疲倦，音乐一响，就开心起来。

如果每天的时间可以全部用来做一件事，我愿意每天住在练功房里。

我知道自己是一个相貌很普通的人，但是自从遇见了这一群人，我也感觉到了自己的不同。过去我还担心，怎么和城里的人相处，现在我一点都不为此担忧，我就好好地做好这个小小的我就行了，我奶奶从小教我勤俭诚实，这是个优点，我就用我这点小小的优点，和他们相处。

祝你晚安！

花衣

# 9

沉浸在劳作里，就是一种自我救赎。

收薄荷的人来了，把满满一柜子薄荷全收走了。应璟收下了钱，看着那个人把她这段时间的劳动成果推走，心里满足又愉悦。

盛夏。院子里的花草一个劲儿地向上蹿。

中午太热，连虫子都不叫了。

还好，太阳落山，就不再炙晒，风也凉了下来。

这个时候，是给植物浇水的最佳时机。树上蝉鸣阵阵，水管喷出水花，水珠落在叶片上，发出呲呲的响声，植物会释放让人快乐的能量，她很享受这段时光。突然看到某个角落里，一颗从未被发现的小西红柿，已经长大了，圆溜溜的一颗，在叶片下露出半个脑袋，把它抓出来，就着水管冲冲，咬一口，幸福感倍增。

傍晚，热风散尽的时候，应璟发现院外粗大的树干底下，慢慢爬上来好多还没有蜕壳的蝉宝宝，它们是褐红色的，慢慢动着，身上黏黏的。它们一点、一点地往上爬，到了一定的位置，就突然停了下来，奇迹般地，蜕去一层薄壳，呼的一下，就飞走了。第二天，它们在她门前的树上，吵个不停。

就是蚊子太多了。

不管坐在哪里，一不小心，就被咬一个红点，挠一挠，红点马上变成一个大包。

这让应璟苦恼不已。她买来蚊香，但只是在夜间的房屋里有用。院子里空气流动，蚊香起不了什么作用。

“有困难，找马活！”有一天，马活给她扛来了好多天竺葵、菊蒿，环绕庭院种了一圈，这些都是天然的驱蚊草，对付蚊子果然有奇效。

夏天的天气很多变。

午夜的暴雨连同狂风，会将窗户撕扯得哗啦作响。

她时常被暴雨惊醒，会整个人缩在被子里，安静地听。心里想，他现在在哪里？狂风暴雨中，他睡在哪里？

第二天，整个院子的花草，被暴雨摧残得东歪西倒。又得要忙碌好几天，才能让它们恢复如初。

已经很久没有化妆了。

也早已忘记了穿高跟鞋和佩戴首饰的感觉，以及那些香水的味道。

很久没看报纸、电视。

应璟每天晚上 9 点就睡了。

在城里，这个时间，也许还在餐桌和酒肆间流连。

灯火零星。

风吹树叶。

昆虫鸣叫。

遥远狗吠。

这些让人早早就犯困。

心里没什么事，自然就睡了。

每一天醒来都是那样，先看看墙上的阳光忽隐忽闪，再看看窗帘微微飘动，再听听外面的喜鹊叽叽喳喳，然后，再起床。

这一天，才看到阳光忽隐忽闪，就有大米的香味飘了过来，还听见锅铲划过锅底的声音。她默不作声地坐起来，心里十分确定——他回来了。

灶房里，空气是暖暖的味道。

大沥正专心搅动米汤。

你又来了？她对着大沥的背影打了个招呼，然后就把一顶草帽往头上一扣，带上一本书到湖边散步去了。

有风，湖水被吹起细小的浪，涌过来，冲到一块大石头上，溅起水花，又退回去。风吹落一些树叶，飞旋，又降落。

她在湖边转了好几个钟头，看完了半本书。

等她从湖边回来，大沥在院子里劈柴。

她从他身边经过，没有说话，没有打扰他。而是直接回到房间里，径直扑上床，抱着枕头看阳光和空气群舞。她听着外面的一下又一下的劈柴的声音，听着听着，她犯了困。

醒来的时候，已经是正午。外面一片安静，可能炉子上烧着水，隐约传来嗞嗞的声响。

她走出卧室，来到他的房门前。

他在，正在专注地用电脑选照片。

你起来了？他听见了脚步声。

还有饭吗？她答非所问。

有，锅里，盖着的，还热。

谢谢。

这是他们的对话，她转身去吃饭，他的眼睛继续看他的东西。

内心的悸动是一种折磨。

有一天，应璟脑子里跑过了这句话，她就用笔在她的笔记本里写下来了。她觉得，这句话，将来写书的时候，会用得着。

夏天到了尾声，白天开始逐渐变短。

正是季风多变的季节，大沥上山的次数增多了。

应璟逐渐习惯了他的不告而别和突然出现，她也顾不上去在乎这个，因为秋天快来了，一年中最好的季节，蚊子少了，温度不冷不热，阳光直接又和气，慢慢将植物叶子上的露珠蒸发干净。应璟更加珍惜白天的时间，更早起来，侍弄花草，听听鸟叫，尽情享受清晨的美妙。他们种的蔬果在这个季节努力攀爬，争相结果，长了满满一院子等待采摘。村里的人，都已经跟她熟了，有人从这里路过来打招呼。她就把一个个南瓜、西红柿、黄瓜摘下来，送给他们。

阿彪策划的“旅游活动”也在密集地开展。应璟积极参与其中。玩“真人 CS”的时候，差点被子弹打伤了眼睛。

为期四天的“野花节”，举办了一个开幕式，阿彪不知道从哪里请来了一个演出团队，在野地里搭了一个舞台，摆上了吉他、贝斯和架子鼓，几个头发染成各种色彩的小伙子演唱了慢摇版的《光辉岁月》，还有几个姑娘上来表演了摇头舞，方言相声表演讲的黄色笑话让现场很欢乐，最后以野花被踩得一塌糊涂收尾。

最让应璟期待的“长街宴流水席”来的人最少，大家忙活一通，最后都是乡亲们来吃掉了。

“乡村奥运会”，长跑第一名：阿彪，乒乓球第一名：应璟，跳远第一名：李玉。

各种各样的尝试，最后，都以失败告终。

应璟每天都把她所经历的事情，写在微博里，包括这些失败：

不管怎么样，这里的人们，在尝试让生活变得更好。而在很多地方，人们正在让一切，变得更坏。

一天早上，很早，天还没亮，应璟还在睡梦中，大沥就来敲她的门。

她被惊醒，迷迷糊糊走过去拉开门说：你什么时候回来的？

你想去看云海吗？大沥听上去很清醒。

应璟意识到自己此时泡眉肿脸，蓬头散发，赶紧用手上下搓弄了两下，让自己清醒一些——

什么？

看云海，去吗？

好啊！她好像一下就醒了。

大沥转身去准备，回头交代，少背点东西，多穿点。

他在前面走。

她跟在后面。

我们去哪里？

他抬头一指，那里。

她抬头一看，最高的那座山。

不可能吧？爬到那里去？应璟张大嘴巴。

爬着爬着，你就发现可能了，做到了。大沥走在前头说。

天还没亮，还是满天繁星。

因为起太早了，应璟很困乏，出门十几分钟之后，才越走越清醒。

往山上走了快一个小时，才曙光初现。我们为什么不去借两匹马骑呢？像那些下乡的干部那样。应璟问。要感受山，就要这样走。大沥突然停下来，站在高处，看着山下的湖水说，感受山的气息，最好的时间就是在现在，天将亮未亮的时候。

她也停下来，试图去感受他所说的——天上繁星即将隐去，山下是已在薄雾中露出全景的蓝色湖水。这是一个宁静的早晨，山的气息，是这样温和。

他们沿着山路而上，路越往上越不好走，云杉耸立，乱石重叠，遇到巨大的石块，大沥伸出手，拉她上去。淡淡的包围着他们的薄雾渐渐散去了。一大片一大片的野花就开在路旁。路平坦一些的时候，他们走得很快，一路穿行，经过高高的云杉林，瞥见一闪而过的飞鸟。

到了正午。

休息一会儿吧。应璟气喘吁吁。

加油！你看，到了那个山梁，我们就休息。

到了那里，才发现，山梁外，还有山。

他们在一个大梁子上坐下来喝水。四周的景色尽收眼底，美不胜收。

你每次上山都住在山上吗？

对，我背了帐篷。

最长住了多久？

一个月。

一个人害怕吗？

不怕。

这么大的山，一个人？

嗯，因为喜欢山，所以就不怕。我从小在海边长大，最向往的，就是山。可是到了二十几岁，除了中山公园的小土坡，一次山都没爬过。后来毕业，工作，日复一日地重复，太累，太厌倦了。有一天，终于辞职了，放下手术刀，第一件事情，就是换了一双软底的鞋子，拿起相机，去了峨眉山。从那儿以后，我就只愿意和山在一起了。我住在山里，拍山里的一切东西。这几年，我一直在拍云海，这是世界上最值得去追求的东西，它只属于有毅力登上高峰的人。山、风，和云，恰到好处地相遇了，才会让人看见。

你有多久没回城里了？

快两年了。

一直在这里？

对。在这里，拍四季的轮换，拍这些雾气和云。春天，这里生长着大片的紫色鸢尾，夏天，树上结满各种野生的果实。秋天有很多鸟从天空经过，冬天我会去山的那边，泡一个谁也不知道的温泉。这里的每一丝光线、每一阵风都使我着迷，如果不是为了换一些钱，我可以永远不回城里。

那你在山上孤独吗？

一点也不。有一种神秘的力量一直陪伴着我。我喜欢一个人在山梁上露营，听风声；在溪水边露营，听水响。我内心坦荡，脑子里没有任何害怕的东西。有动物从我的帐篷边跑过，我也不害怕，因为我们互不干扰。有时候，我会在山上遇见一些人，他们和我打招呼，邀请我去他们家里做客——不到这里来，根本不会知道世界上还有一群人，过着这样与世隔绝的生活，他们从来没下过山，他们不知道外面的世界，外面的世界也不知道他们。孤陋寡闻，并不意味着低人一等，我真的很羡慕，他们能够这样，在这里享用属于他们的悠长岁月。

很多东西，必须要置身其中才能明白。比如，我们平时很少去思考，一块石头、一棵树木怎么存在于这个世界。还有这片湖水，它们在这里的时间，都要比我们的生命长久。我们是过客，它们天天在这里看天，看云，看晚霞。它们从来不像我们，永远不知满足，以为自己了解了很多。它们永远天真。

大沥站起来，拉着应璟，一边继续前行，一边说，

一个再发愁的人，来到了山上，都会转换心境的。来到这里，你会发现，过去的自己，活得太小了，太容易为了一点不值得在意的东西钻牛角尖，太容易被别人的一句话、一个评价所影响了。那些

评价，都是多余的。眼前的一切，才是最重要的。山，会给人一种原始的生命力，湖水会让人恢复心智的平静。这一切，都给人带来希望……

山路的坡度更陡了。

她艰难地跟着大沥，攀援着树干野草都十分吃力。

他再一次把手递给她。

他们身处的海拔越来越高，视线豁然开朗，阳光越发刺眼，空气越发清亮。阳光把野花的香味都蒸发出来，有点要把人熏醉的感觉。

走不动了！走不动了！应璟体力耗尽，大喊着坐下来。她脱掉沾满露水的鞋子，赤脚踩在花丛中。你就是再拉，我也走不动了。

那好吧。不走了！大沥坐下来，掐了一根野草放在嘴里嚼。

有云雾被风吹过来，从四面袭来，包裹着他们，转眼之间，又离他们而去。

应璟才发现，他们坐在一棵开满硕大花朵的树下。

时间，在一点点地走过。

休息好了吗？大沥问。

没有，今天你再怎么说，我都不会继续走了。

行，那你现在站起来，往那个方向看。

应璟听从建议站了起来。

她怔住了。

这个山梁的左侧是壁立的山峰，右侧是无边无际的云，如浪花涌动，望不到尽头。

四野苍茫，云海奔腾。那一种摄人心魄的美，让应璟无语站立，她的心，不知道怎么地，就热了起来，无缘无故地，觉得眼眶湿润。

过了好久，她问大沥：你有没有过，想从这里一扑而过的念头？

无数次。他说。

谁会知道，这个世界上，有这么好一个地方！她疲惫尽消，赤着脚，在野草和花丛中穿行，偶尔滑倒，爬起来继续，风把她的头发吹乱。那种快乐，真是说不出。

他举起相机，给她拍了两张照片。

午后，他们捡了一些树枝，在山上燃了一堆火，他从背包里拿出了一个户外用的酒精锅，煮了一小锅茶。他们坐下来慢慢喝，喝完之后，才沿着原路返回。

从山上下来又已经是繁星满天了。

他们从马湖边经过。

湖面大而荒凉，倒映星光。

应璟感觉双脚肿胀，就停下来，脱掉了鞋，踩在冰凉的水里。

心，突然又安静了下来，她听着细浪扑打碎石的声音，凝视远方。

大沥突然从身后，在她的耳朵上，戴了一个耳机。

一首歌传来，是科恩的《一千个吻那样深》。

一听前奏，应璟就知道。

湖水轻轻涌上她的脚踝。

她已经很久，很久，没有听音乐了。

也，很久，很久，没有，被一个人，从背后无声地拥抱。

以及如此沉迷地，和一个人拥吻。

姐姐：

我去找娟子，问她，除了上业余班，每天团员们上早课和晚课的时候，我可不可以在旁边跟着练，就在角落里，不会打扰到他们。娟子不但二话没说就答应了，还送了两本书给我看。其中一本，是讲邓肯的。

据我的观察，跳现代舞的演员，除了身材线条比较好之外，手臂的肌肉都非常发达。好多女孩子看着很秀气，撩开袖子，肌肉一块一块的。我希望我有一天也能练成那样。

今天舞团来了一位国外的女士，给演员们讲座，我也在旁边听。听翻译讲，她已经快70岁了，虽然头发已经花白，脸上也有了皱纹，但是她的气质仍然很好，坐在那里，脖子很长，举手投足十分优雅。她给我们讲了很多现代舞的体会，我很认同她说的，现代舞，“感受”大过于“表演”。还有，就是自由，一个现代舞团，可以同时容纳特别矮，或者胖，或者老，或者丑的演员。而其他的舞种，很难允许。她还说，当有人问她，什么是现代舞的时候，她会反问，你小时候有没有披着妈妈的围巾，在镜子前转圈，起舞。如果有，那也是现代舞。

我听了很多，心里很热。

我小时候，奶奶在地里干活，我在田野里捡起一根野草，举起来，对着太阳，转圈，舞动，嘴里哼着自己编的歌……原来那个时候，我就已经在跳舞。

讲座完了之后，她给我们上了一堂即兴课，就是所有人都临场发挥。演员们马上都脱掉鞋子，走到中间去，我想躲开，娟子却把我拉了进去。

音乐响起，我紧张极了，手脚都在发抖，完全不知道该怎么做。后来这位女士来到我的身边，很自然，轻柔地，在我身边起舞，她的手碰到我，眼睛也看着我，我被她迷住了，就像着了魔一样，我一下不害怕了，我想和她一起跳，我也没什么好自卑的，我突然想对她做个自我介绍，用我的肢体和动作告诉她，我也开始跳起来。

即兴课结束后，女士来到我们每个人身边说再见。娟子向她介绍了我。用英语说的，我猜她的意思是这是我们这里做卫生和管理服装的小姑娘，她也在学习现代舞。那位女士搂住了我，给了一个赞赏的微笑，这让我心情美了好几天。

姐姐，我记得你当初提议我们交换房子的时候说，我到了北京，有了一个住的地方，就不用四处奔波，为了生存委曲求全，这让我十分感激；但我更感激的是，你介绍了这份工作给我，我感觉人生有了方向，我愿意一直在这里，和这群人在一起。哪怕一辈子打扫卫生，我也是心甘情愿的。

北京的天真热，是一早到晚的热。连半夜都热，又热又闷。不像马湖边，不管白天气温再高，早晨和晚上都是凉爽的。

好想马湖。

希望你一切都好！

花衣

大沥，让应璟学会用一种全新的角度来审视男人。她强烈意识到，对一个男人来说，没有比自由更重要的东西。

两个人，心照不宣地关心对方。每天早晨起来，并排坐着，对着大湖，喝茶。一起清扫房间，灌溉薄荷地。每个傍晚，他们一起去湖边散步，或者到中学去打篮球。

她写作时，他从不来打扰她；他工作的时候，她也是。

她喜欢看他专心致志处理照片的样子。

每个晚上，他们会拥抱，互道晚安。

有时，大沥会留在她的房间过夜。午夜时分，她醒了，将膝盖窝在他的膝窝里，头靠在他的背上。他的手指，并不柔软，粗粝、无声，触摸她的额头，揉搓她的头发，覆盖她瘦弱的肩膀。

第二天，大沥有可能又不见了。

但是没关系，应璟知道，过几天，他就会回来。

她渐渐迷上这种等待的感觉。

他回来的时候，一身尘土，把背包往墙角一放，就躺下睡觉。一睡就是十几个小时。

她从不去叫醒他。为他拉上纱窗，阻挡小蚊虫的飞进。

大沥不在的那段时间，应璟写了一个故事发布在微博，称马湖为“千吻之湖”，说只要能在湖边亲吻所爱的人，就永远拥有最洁净的爱情，永远不会分开。

她还配上了一张马湖的照片。

这个故事有很多人回应，上了头条。

“马湖”，成了热搜词。

# 10

我已彻底放弃追求安全感，
从而收获了最饱足的安全。

李玉来找应璟，跟她告别，她的支教生活结束了。

两年真快啊！李玉感叹道。

应璟说：我看报道，很多人支教的时间都很短，两三个月的都有。

那是打酱油式的支教，我不赞成那样的做法。李玉把头趴在应璟的窗台上，看着远方，真舍不得这里。

是不是觉得，刚来报到那天，跟昨天一样……

是啊。我记得我刚来的时候，还哭了一场呢……那时候天天下雨，操场每天特别泥泞，换上干净的裤子，分分钟就脏了。宿舍又这么小，食堂三天才吃一顿肉，没有网络，没有浴室……还有，学生们课间疯闹打玩，上课跑进教室，那个汗臭聚在一起，特别让人受不了。不到一个星期我就动摇了。我给我爸打电话，说我想回去。我爸听我哭了，都急了，让我马上买票回家！后来那两天，正好遇到一个小长假，一个从这个中学考出去的大学生回来了，回母校来玩，跟我聊了会儿天。他说，他特别感谢支教老师，他们穿着和当地人不一样的衣服，说着不一样口音的话，还告诉他外面的世界有大商场，有电影院，还有游乐园。让他觉得外面的世界好好，将来一定要走出大山，去外面的世界看一看。然后他就努力学习，一步一步，考到了昆明念大学——听他讲完以后，我离开的想法又动摇了，我想，也许，我还可以再坚持一下。恰好，第二天，雨停了，天晴了，马湖特别地美，地也不泥泞了。孩子们上完了课带我去湖边捞鱼，去山上采野果，陪我打篮球，我逐渐就爱上了这里……

我并不认为支教是一件多么伟大的事情，也不认为一个能忍受艰苦条件的人就多了不起，但我绝不同意一些媒体上说的，支教并不能改变孩子什么的说法。不管怎么样，我教给他们的知识，对他们将来的人生就是有用的。我用心和他们交流和相处，我这个人究竟会影响他们多少，会不会改变他们的人生轨迹，这都说不好。但是，十个放羊的娃娃，总有一个心里会种下了一颗小小的种子吧？其实这两年，我的收获也很大，我更该感谢他们。

这些孩子肯定很舍不得你。

是啊，我走的那天，肯定会哭的。

那你回去以后是什么打算呢？应璟问。

我已经报了一个NGO，准备去面试。

去做哪方面？

关注一种罕见病人群……

你很了不起，李玉。应璟诚心诚意地说。

李玉走的时候，和应璟拥抱了一下。她在她耳边说：谢谢你！我以后还会继续买你的书的！当你帮我发表了文章的时候，我就知道你是写书的应璟了……

应璟在门口，看着李玉走远，心里感触很深：一些人，就是一些很普通的人，他们在可以有更好的世俗生活的时候，选择了另一种生活，放弃稳定的环境，真心实意地去做公益，去做一些让这个世界变得更好的事情，他们大多数人都是默默无闻的，是没有人仰望和崇拜的，就像这个姑娘小小的背影一样。

旅馆一天天地忙起来。

四间客房，有一天，还全部住满了。

大沥那段时间留在了山下，每天帮忙接待和做饭。

一个小女孩，是第一个来这里住的小孩子，她最喜欢吃大沥专门给她炒的土鸡蛋，因为和鸡蛋一起炒的西红柿，是她自己亲自在院子里摘来的。她只有四岁，身体结实，眼睛很大，脸颊鼓鼓的，一双眼睛好奇地四处张望，脸上永远是微笑。她和父母一起来的，她父亲高大整洁，戴个眼镜，有个不断把眼镜推回鼻梁上的习惯性动作。母亲齐耳短发，一边的头发别在了耳后，穿着薄毛衣，身体是生完孩子之后没有瘦下去的那种圆润，对此，她说：没有人能永远保持少女的样子！她的眼神单纯而柔和，用一种当了母亲才有的沉静和笃定来对待喋喋不休的孩子。

小姑娘来到了这里，就没有停下来过，这里跑跑，那里看看，看见了大沥就格外话多。在院子里，他们用泥巴做火车，做汽车，用树叶做锅，做碗，办酒，身上全是泥土，不一会儿就大汗淋漓，汗水打湿了头发，在圆乎乎的脸蛋上流淌，衣服上都是湿漉漉的汗渍。她妈妈很少制止她，她想在院子里光着脚，但是爸爸不准，她偏偏脱掉鞋袜，开始乱跑，她爸追上去，擒住，举到头顶，戏弄一番，然后再放下来，把鞋袜给她穿好。没有过多的教训和唠唠叨叨，穿好了就行，她没有被管理得顺从和屈服得像个小绵羊。她是一头小鹿，欢欢喜喜地成长。

孩子，真是世界上最好的存在，全副身心都在眼前的事，吃饱了就摸摸肚子。从不为明天发愁，一心一意对付眼前的事。

一只小鸟从鸟窝里掉了下来，这给小家伙带来了莫大的快乐。

她把它捡起来，托在小小的手心，靠着自己胸口的衬衣，用一个指头去抚摸小鸟的羽毛，那个毛茸茸的小家伙显然有些紧张，张开嘴叫个不停。真可爱！真好玩！小女孩嘴里不停地念叨。她爸爸却提议把它送回家去。

应璟搬来了梯子，爸爸把小鸟送回了树上。小女孩在树下站着，哭成了个泪人。

从那天以后，她就天天在树下往上看，期待着小鸟再次掉下来。

为了让她忘记这件事，大沥用两根绳子和一个小板凳给她做了一个秋千，吊在樱桃树下，她的注意力果然很快转移到秋千上，手抓住绳子，胖鼓鼓的小脚踢来踢去，咯咯笑个不停。

每天应璟收拾床铺的时候，小女孩总是喜欢来打扰她，

你能再给我吃一点果酱吗？

再给我吃一点蜂蜜行吗？

只吃一点就行了。

应璟把蜜罐子递给她，她伸出一根手指，放进去，取出来，放嘴

里，胖嘟嘟的脸上大放光彩。

有一天，小女孩问：妈妈，那个山顶上，有什么？

第二天，她的父母就带着她爬山去了。

小孩的爸爸带她去湖边捞螺蛳去了。孩子的妈妈和应璟聊天，她说，这是他们第 12 次带孩子出行了。

我们刚开始做父母的时候，也因为孩子的降临陷入了无休止的忙乱之中，一下子失去了自由。从她第一次发烧开始，就感觉这一生，担忧和操劳就要占据生活的全部了。

但是，我们又想尝试一下，能不能不要这样充满牺牲感的生活？能不能放弃没完没了的担忧，改变这种孩子是累赘的想法？

在她四个月的时候，我们开始了三个人的旅行。从广西到海南，从新加坡到泰国。近的还去了日本、越南、印尼，最远到了美国。等我们做了尝试之后，就发现，孩子是非常聪明的，有很强的适应能力。她完全可以跟我们一起上路。不要说在路上生病怎么办，生病了，该怎么办就怎么办。在家也会生病，大人也会在路上生病。孩子的体质要比我们想象的强大很多。在泰国苏梅岛的时候，外面非常非常热，房间里空调非常非常凉，温差那么大，我们都很担心，但她没有任何状况。

这些年，我们带她爬山，下海，去迪士尼、环球影视城感受梦幻世界，也带她去偏远的乡村古镇，让她摸一摸泥土、地里的庄稼。什么都让她看一看，一点也不觉得辛苦。我丝毫不赞同别人说的小孩四岁之前没有记忆，没必要去旅行这样的说法。孩子的每一天，她所看到的，感受到的，都是有意义的，不能为了让她记住而去旅行。她开心，我们开心，最重要。

一！二！三！四！

他们的谈话被小孩的喊叫打断了。

小孩和爸爸已经回来了。他们在门口盯着山顶。

落日像个金色的盘子，马上就落下去了。

二十七！二十八！

太阳落到了山后头。

幽微的晨光中，应璟醒了。

听见隔壁的喘息。

开旅馆，得习惯这样的事，她想。

一对夫妻，选择在清晨亲热，在路上，身体仍然爆发出狂热。也许是这里的空气帮了忙，让人有新鲜的情欲。

很棒的两个人。她对从背后伸手过来搂住她亲吻她脖颈的大沥说。

姐姐：

舞团旁边有一个猜火车餐吧，周五下午举办文化沙龙，我特别喜欢，每周都有不同的主题，有导演来讲新电影，摄影家来讲怎么拍摄人像，还有画家来讲怎么欣赏一幅名画（我认识了凡·高和莫奈），还有音乐家来教我们怎么听懂交响乐，作家来分享他的作品。娟子姐希望舞蹈团的演员都去参加，她说，舞蹈演员的内在修养特别重要！

前两天下了一场暴雨。我在排练室加班整理服装，雨像用盆子泼下来的一样，打在屋顶上，还伴着闪电和打雷。娟子她们先走了，问我害不害怕打雷。我说不怕。确实，她们要是见过马湖上空那种密如蜘蛛网的闪电，还有那种回响在山谷里，震到人心窝子里去的雷声，就会知道这点雷声真的不算什么了。

等我忙完，外面没有公交车了。我站在方家胡同门口打车，所有路过的出租车都坐着人。我举着伞，脚踩在积水中，一点办法都没有。后来我走到国子监的门口，再走到安定门，看有没有人在那里下车，还是没有。在安定门桥头，我又等了半个多小时，裤腿全湿了。我想，不行，我得走回去了！方家胡同，走到五道口！天哪！我是不是疯了！但是，与其在这里等，还不如往那个方向走。走到天亮，总能到吧？万一走着走着来车了呢？有了这种想法之后，我开始了万里长征的第一步，把裤腿儿撩起来，管你什么风大雨大，水坑水洼，勇敢向前！当我做了这个决定之后，那种烦躁抱怨的心情全没了，整个人反而变得很愉快！我哼着歌，根本不在乎我的伞只能保证头发不湿，一路上我看见很多树枝被吹断，还有些汽车在桥下被积水困住。马路边，一个人都没有。我走了一个多小时，才有一辆出租车停到我的身边。

司机问我去哪里？我说五道口。他说，上来吧。但是我却很犹豫，因为我全身已经湿透了。坐上他的车，必定会把他车上的座椅打湿。没事！你上来吧！司机说。

我上了车，司机用浓重的北京口音说，一个小姑娘，怎么这么晚还一个人在街上走啊，还下这么大雨。我说刚下完班。太辛苦了！他说着还给我把暖气打开了。然后就不停地说，一个人在外面，要注意安全，这么晚了，不能一个人在偏僻的地方走，还要注意不要跟陌生人说话……

坐在车上，听着他的嘱咐，我想起听一位团员说过，一些北京本地人很排斥外地人。我怎么一点也不觉得？我很幸运，遇到的北京人，都特别好。

司机很快送我到家了，推门进入的那一瞬间，我只想赶快洗个热水澡！

然后第二天，我就开始觉得不对劲了。刚开始是嗓子有些疼，然后是感觉四肢有些酸痛。当我的头也开始痛的时候，已经开始没精神了，随后就开始发烧。

这是我最害怕的事情，生病。我怕的不是病痛本身，而是生病后，心里很孤独。

我请了假，买了药，回家喝了开水，大把大把地吃药，钻进被窝里躺着。那一天，我都在出汗，浑身烫得厉害，大脑晕沉沉的，不停地咳嗽，想再起来喝点水，却一点力气都没有。

我就这样昏昏沉沉地躺了一天，床头的垃圾桶里，全是擤鼻涕的纸团。第二天中午，我才意识到，已经24小时没有吃饭了。

当我起来想给自己熬点粥的时候，娟子带着几个演员看我来了。他们带了热粥和小菜，还有一些水果。看见他们，我的眼泪都要下来了。我说，小心点，别传染给你们了。娟子帮我把垃圾桶拿去倒了，还说没事，他们天天练功，抵抗力好着呢。

那个下午，是我来北京以后，身体觉得最难受，但是心里却最温暖的一天。我从来没有过这样的待遇，躺在床上，身边都是关心自己的人。我们聊天，女演员们对我非常好奇，说以前以为我是娟子的亲戚。我说不是的，我把怎么遇见你，和你交换房子的事情讲给她们听，她们听得津津有味，觉得特别有意思，还问我换给你的房子什么样。我说，很破，很灰，经常停水停电，没有电视，没有洗衣机，还漏雨。她们问，那她在那里能适应吗？她们这么一问，我也跟着担心起来。

后来，我给她们讲了我为什么来北京，讲了去见我大伯的事情。善良的女孩们都跟着我流泪了。她们很热心，帮我想办法，最后问我要了我父母的名字和年龄、我家的地址，说帮我放到寻人网上去。还有一个小姑娘，说她父亲的朋友是电视台的，电视台有寻人的栏目，她可以帮我去联系一下，看能不能上那个节目。

我真的，特别感谢她们。

今天终于退烧了。虽然还有些咳嗽，鼻子也被擤得像个红蒜头，但总算是不那么难受了。我希望早点好起来，回去上班。

你也要多保重身体

健康永远第一！

花衣

# 11

她急需要，把心中的巨石掀开。

秋收过后，进入农闲时分。

村里的青壮年们，三个五个，聚在大树下打牌。老人们围坐在一起晒太阳喝酒。连街上流浪的野狗，脚步都缓慢了许多，初冬的农村，悠闲得很。

刮了几天大风过后，就冷了。

还好，南方的树，不会树叶脱尽。会掉一些，剩下的还会继续绿着，寒风吹不掉，大雪压不垮。再怎么冷，也感觉不到北方那种肃杀。

应璟换上了毛衣。

南方没有地暖，也没有炕，只能生炉子，围坐着，煮茶，烤红薯，聊天。饭桌也由室外搬进了堂屋。

这也是写作的人的最好时节，因为冷了，不想动，就踏踏实实坐在炉子旁边看看书，写写字。蛰居起来，最有收获。

再冷，大沥和她也没有停止到湖边去散步，每天一次。有时在清晨，有时在傍晚。白天，太阳一出来，就很暖和；太阳一不见，哪怕只是躲在了云里，气温都会马上降几度。这样的季节，让应璟一不小心就感冒了。他照顾她，就像她父亲当年那样，把衣服给她披上，安顿她躺在床上休息，把被子给她拉到下巴底下捂住发汗，陪她聊天分散注意力，等汗水发出又全部落停之后，才能掀开被子下床走动。他抚摩她的额头，给她熬粥，吹凉了递给她。

天气凉了，客人减少到几乎没有，应璟对此不是很在意，只有她和大沥的旅馆她同样喜欢。秋高气爽，天上的云走得比平时都更快。傍晚，山顶上纵横交错的道道霞光，让人并不担心冬天的到来。

大沥说想在树叶红的时候，再去拍一组片子。然后他就去了。应璟正好也有时间，跑到阿彪家去，跟他媳妇学习做咸鸭蛋。看了两遍之后，她会了，就去集市上买到新鲜的鸭蛋，回到旅馆用清水一个个将上面的鸭粪、泥土清洗干净，放在笸箩里风干水汽，然后去酒坊打几斤度数极高的苞谷酒回来，把风干的鸭蛋在白酒里打个小滚，一个个小心地放入坛子，再倒入加了很多盐和白酒煮开并凉凉的白开水，盖上盖，密封好。阿彪媳妇告诉她，40天以后，她就能吃到不咸又有黄油的鸭蛋了。

把坛子放好了，她洗了手，准备继续每天的散步。她在毛衣的外面，又加了一件外套，是个帽衫，如果风大，可以把帽子拉起来戴。出门的时候，她摸了摸外套的口袋，手感表明，钥匙不在里面，可能在楼上。那就不带了，她想。今天不锁门了。来这里这么长时间了，还没听说谁家遭过贼。

她把院门拉上，就出去了。

在乡村的步行，没有尘世烟火的熏燎，只有夜幕降临时分越来越凉的风一路伴随。她迈出的每一步都在和脚底的小石头、泥巴和草叶做交流。天色越晚，她的脖颈感觉越冷，必须要把帽衫拉紧，并且把拉链拉上来。

大沥今天到哪里了？拍到他想要的照片了吗？今晚他在哪里睡？帐篷，还是寄宿在山民家？她抬起头，眺望远山。山的轮廓在夜色中逐渐隐没，并不能给她答案，但是她知道，他，就在那里，在很高很高的，某个地方。

等她回来的时候，发现院门开着。有人来了。

一位陌生女人在天黑之前来住旅馆。拿到了钥匙，突然转身问：大沥在吗？

听见另一个人这样问起，应璟感到讶异，她说：他这几天出去了。请问你是？

我是他的妻子。

应璟如同被人迎头一击。

噢，准确地说，是前妻。那个女人笑着说。

安娜，大沥的前妻，浑身都散发着自由气息的漂亮女人。个子很高，但并不给人笨拙的感觉。眼神、嘴角、表情，都有一种鲜明的咄咄逼人的自信。

看得出来，她是一个对自己的长相很有把握的人，所以，走起路来，腰身挺直。

应璟走在前面，引领她走进客房。

安娜环视四周，空间空空荡荡，墙壁被粉刷成白的，只有一张木床，铺着棉质的素色被罩，枕头蓬松，桌子老旧但十分干净，发出暗淡的光泽，上面有一个小小的花瓶，里面是一把俏丽的野花。

安娜把自己的行李随手扔在地上，把鞋也脱了，赤脚坐到床上，对应璟说：看得出来，你把这里照料得很好。

应璟说：大沥也帮了不少忙。

是啊！他不爱说话，但是个热心的人。安娜说。

你好好休息。应璟对她礼貌地微笑，退了出来。

这个不速之客，扰乱了她的心。

第二天，天蒙蒙亮，应璟就醒了。

她听见安娜在浴室洗澡。

听着叮叮咚咚的水声，她能想象，那些水，是如何滴落在她的肩膀和皮肤，将她一头卷发打湿，紧贴皮肤，如何碎裂，又落到了地面的。

这个女人，使她过目难忘。

她一闭上眼，就能回想起她轮廓分明的侧脸和糅杂了各种情绪的眼睛。

这个女人不怕冷，清晨洗澡，空气很凉。

她是谁？大沥的前妻。大沥是谁？

她的出现，让躺在床上的应璟第一次想要想一想自己和大沥的关系。她过去，从来不会想这样的问题。

这样的烦恼，让人烦恼，她强迫自己停下来，对自己说，不如继续睡去。

再次醒来的时候，阳光已经透过棉纱窗帘进了她的房间。

她下楼，走出去，发现大沥已经回来了，顶着一头乱发，正在院子里和安娜喝茶。安娜还是光着脚，一只脚缩回在椅子上，两手拿着大沥的相机在看。风在吹动她的头发，她的头发，在阳光下闪闪发亮。

大沥发现了她，招手说：你醒了？快来！这是安娜。

昨天已经认识了。应璟说。

安娜也抬头对她笑笑。

她发现安娜的手，非常瘦，青筋嶙峋，她拿着大沥的相机，翻看着照片，问这是在哪里拍的。大沥对她，是有问必答。

姐姐：

我刚才去银行存了我攒下的一千块钱。舞团的女孩们都特别惊讶，说你一个月工资才一千五，怎么还能攒下钱？

我说，这是因为我不用交房租啊。

我还不用手机，每个月没有话费，没有流量费，不用电脑，不上网，也不用交网费。这又省了一大笔钱。（刚来北京的那几个月，我特别想有个手机，慢慢地，发现没有手机也能活，就彻底放弃了买手机的想法了。而且我觉得，不用手机的人，每天可以用的时间比拿着手机的人多多了！）

生活在北京还有一个特别幸福的地方就是，坐公交车特别便宜，办一张卡的话，在市内，一两块钱就能到自己想到的地方。相比之下，地铁就要贵许多。为了省钱，我每天坐公交车。

每个星期，我去超市买一大包切片面包做早餐，便宜又好吃。有时候搭配牛奶，有时候搭配白开水。

每天的午饭，在舞蹈团里吃。我需要自己解决的，只是晚饭。一个煎饼，六块五，加一个鸡蛋七块五，吃完刚刚饱。一份成都小吃的盖浇饭，青椒肉丝，或者宫保鸡丁，十五块，虽然不好吃，但偶尔吃一下也不会烦。五道口路边的麻辣烫，拉着一盏小灯，热气腾腾，荤菜一块，素菜五毛，闻着味道极香，端着小盘子挑几串，浇上辣椒和芝麻酱。一顿美美的晚餐用不了十块钱。

我不化妆，所以不买化妆品，擦脸的就是一袋郁美净儿童霜，我觉得挺好用的。每天早睡早起，练功出汗，皮肤不用保养也很好。

其他，就是水电，牙膏牙刷洗发水洗衣粉，偶尔喝个酸奶，买练功服的开销咯。总之算下来，一个月一千块，足够了。

我听舞团的女孩们说，她们一个月四五千块的工资，每个月都花得一分不剩，有时候还要向家里要。我也很吃惊，这么多钱，花到哪里去了？有个女孩对我说，如果有一天，你有了五千块的工资，你一样会发现，咦？怎么五千块不够用的！

是吗？我不知道。那我努力看咯！

舞团最近特别忙，在招聘演员，排练一部要在全国巡演的大型舞剧《四季》。培训班的课已经停了。

排练这部舞剧，舞团请来了专门的编导，一个很凶的男老师。还有舞美老师和服装老师。大家都很忙碌。白天，我忙完打扫的工作，就去服装老师那里帮忙，忙里偷闲，去看他们排练。那个编导对演员们的要求特别严格，我看见不止一个女孩被他骂哭。还有的演员，被他骂哭之后，第二天就不来了。

因为忙，也没注意到，夏天快要过去了。昨天晚上，我发现毛巾被已经不够盖了。

大家都说，秋天是北京最美的季节。但是因为忙，我的“每周一个公园”的计划暂停了。我估计，要等《四季》排完，在北京演出完之后才能继续开始。

不过，在胡同旁边的国子监大街，我也能发现秋天的迹象。那边的房子，都很有北京特色，古香古色，墙根下有老人在下棋。有一排不知道名字的大叶子树开始黄了，不是一下就黄了，是一点、一点地变黄。秋高气爽，夕阳特别明亮，一切，都美好得很真实。

小时候，学过一篇叫《香山的红叶》的课文，记忆特别深刻。要是这个秋天，我能去香山看一次红叶就好了。

愿你一切都好！

花衣

她喜欢穿颜色鲜艳的裙子，有时候，会把一头卷发盘成发髻，在耳后喷一点淡淡的香水。应璟在房间的每个角落都能闻到那股香气。女人这东西很奇怪，对于其他女人的香气总是很敏感，哪怕只有一丝，都能捕捉到。

他们三人，都住在楼上。一人一个房间。应璟能清晰地分辨出，每个人的脚步声。

深夜，外面的狂风把竹林吹得哗哗作响，他们的房间都亮着灯，应璟在床头看书，大沥在对着电脑工作，安娜，光着脚在走廊徘徊。有时，她会靠墙坐下抽烟。夜晚太安静了，应璟都能听见安娜手中的烟丝一点点燃烧的声音。她还听见，她不断地徘徊，坐下，徘徊，坐下之后，推开了大沥的门。

他们在说话，可是她却无法听清他们在说什么。

她已经不知道自己阅读到哪里了，干脆放下手中的书，起身，推开窗，看着远处被月光照亮的湖水，以及巨大黑暗的山的轮廓。

她听见轻微的啜泣。这好歹是一点信息，在她完全看不见的那个房间里。

她哭了？为什么哭？

她没有离过婚。不知道前妻找来，意味着什么。前妻在哭泣，那么大沥呢？他在做什么？还有，他为什么从来没提过，他是离过婚的人？

这是一个特别奇怪的女人。

有时话多，有时话少。总是心事重重。

她没跟任何人商量，就把大沥床上的褥子和被子抱走了，说她的床太硬，全然不管大沥在一张只铺了床单的木板上怎么睡觉。每天她都会出去，摘很多很多草籽回来，把它们全部撒在枕头底下，然后在上面睡觉。她解释，这些草籽“充满了能量”。她每天吃得很少很少，醒得很早很早，一个人像幽灵一样在初亮的院子里走动，或者绕着房子，走了一圈又一圈。在淡蓝色的晨光中，她显得沉静，清晨的第一道阳光洒在她身上，照亮她的鼻子，她就对着阳光，闭上眼睛。大沥从来不为这些奇怪的举动解释什么，但对在楼上往下看的应璟来说，却别有一番滋味在心头。

一个傍晚，他们三人决定一起去湖边走走。应璟正准备关门，安娜突然停下来对大沥说：你能去帮我拿一下围巾吗？大沥点点头，转身上楼去拿了围巾下来，在手上摊开，抖散，再为她环绕在脖颈上。他的手温柔地抚过她的头发，撩过围巾，再放下去的举动，让应璟不知道该把目光放在哪里。她后来发现，安娜让他做任何事情，从来都是平静的语气。从没有一句谢谢。而他，从来都是言听计从的。

他们前前后后走在乡间小道，应璟走在最前面，走到细波荡漾的水边，她突然又好像并不看重这个问题了。他是谁？她是谁？有那么重要吗？在这个巨大空旷的湖边，远离了茫茫俗世，她突然又觉得心宽了，觉得任何陪伴都可有可无。不管他们什么关系，他、她和她都可以并肩行走，坦然相处，走在山、树、天、雾中间。

回到旅馆，大沥陪安娜聊天，应璟去做晚饭。她手撕了一朵莲花菜，在开水里烫熟，然后用酱油拌了拌，又挑了两块集市上买的卤豆腐，搭配熬得香浓黏稠的米粥。

饭菜上桌了，安娜坐下来，看了看，抬头对大沥说：你能去给我煮碗面吗？我很想吃面。

好。大沥放下筷子，走向厨房。

应璟心里，一种不舒服的感觉又来了。湖边那些想法，荡然无存。

应璟在卧室擦窗。

大沥敲敲门。

她回头：请进。

这是我和安娜最近的房钱。

噢，放那里吧。应璟淡然地说。

看样子，她还打算住很久。她想。

大沥放下钱，想说些什么，又打住了。

应璟继续擦她的窗子。秋天的风大，窗缝里很容易吹进来一些细碎的杂草或树叶。她探出身子，哐哐地掸着。

大沥说：你今天不出门吧？

嗯，不出。

那你在家等着，我去买菜。

今天是什么日子吗？应璟停下来。

什么日子都不是，就是天冷了，街上有羊肉卖了！

啊，我都没注意。

这里的人夏天很少吃羊肉，太热，容易上火。天气冷了，才有人宰羊来卖。

噢……羊肉你会做？咋做？

看！你天天种薄荷！还不知道每天种的东西，除了泡茶，还有个绝佳的用处吗？

干吗？

先不说了，一会儿卖光了。你等着啊。

大沥回房间取了外套，噔噔噔下楼去了。

二十多分钟以后，他拎了一块挂着点羊油的肋排回来了。

安娜和应璟都跟到厨房去看。

大沥把肋排割开，砍断，然后将没有连着骨头的羊肉片成很薄很薄的薄片。

应璟，帮我打一盆水过来。安娜，帮我去地里采些薄荷。他安排说。

应璟取了一个盆，来到院子，拧开水龙头，哗哗地接了一大盆水端进去，大沥伸手接住就往锅里倒，自言自语说：山泉水煮羊，用这里的人的话来说，就是巴适！

水烧开，把羊肉倒进锅里，变了颜色就捞起来，把漂着的浮沫打掉，再重新煮肉。

什么都不放吗？姜？葱？蒜？

一会儿放点盐就行了。

啊？就这样？炖肉不是要放大料茴香什么的吗？

这里的羊天天在山上跑着，吃的是野草，肉一点都不膻，所以不需要放那些去除膻味的东西。

就这样？

当然不，还有一个绝佳配方啊。

安娜进来了，手里拿着一把薄荷，嘴里有些埋怨，这个东西真难闻……

四十多分钟以后，大沥揭开锅盖，一锅白色的羊肉汤咕嘟冒泡。在旁边添加柴火的应璟凑过去一闻，肚子瞬间就饿了。

大沥把肉和汤盛出来，端着洗得干干净净的薄荷，对应璟说：现在，看好了啊，见证奇迹的时刻到了！

他把薄荷撒入肉汤中。

如同一种化学反应，薄荷落入热汤，迅速散发出香气，和羊肉的香溶解在了一起。油腻的羊汤，顿时有了清新之感，那些漂浮在锅边的羊油也瞬间消失不见，被吸收到叶子中间去了。

大沥开开心心地端着羊肉汤到堂屋：上桌，喊安娜来吃。

安娜在门口翻看一本杂志，头也没抬，淡淡地说：噢，你们先吃吧，我最近不太想吃肉。

大沥和应璟对视了一眼。

她不吃，咱俩吃。大沥说。

应璟回头看了一眼安娜，看她确实也没有要就餐的意思，就说：行！咱俩开吃！

两个人，一锅汤。

先吃肉，大沥边说边用勺子捞了一块羊肉给她。

应璟拿起筷子，还没碰到肉，大沥就说：别那么秀气了，用手拿着吃吧。就像这样。他抓起一块肉，示范性地啃开了。

应璟也放下筷子，痛快地动起手来。

哇！真是好吃哎！鲜！嫩！还有薄荷的香气！

薄荷这东西，最有渗透性了！跟什么食物放在一起，都会有反应。西方的米其林三星大厨，也用它搭配羊肉。大沥说。

这个肉也不错。应璟摆出架势，又从锅里捞了一块。

当然了，上午刚宰的羊，新鲜。羊肉这东西，好不好一煮就知道。好的羊肉，怎么煮都不会柴的。

大沥告诉应璟，这里的山胞喜欢把羊肠子和肉一起煮来吃，放各种各样的香料，而且羊肠子清洗的时候故意不捋干净。说是羊吃百草，肚子里都是药。

是吗？吃起来味道怎么样？应璟皱着眉头问。

说真的，还不错。

那有机会我也试试——好久没有这样放开吃肉了。应璟吃得心服口服。

你多吃点，贴个秋膘。我早就想做肉给你吃了，因为你瘦了很多。大沥很认真地说。

应璟停下来，看了看大沥，笑了。拿起勺子，把大沥的碗拿过来，给他盛汤。

啊！外面哐当一声，传来安娜的尖叫。

大沥和应璟赶快放下碗筷跑出去。

安娜蜷缩在椅子上，手上全是血。

她用水果刀削梨，把手割了一个特别大的口子。

大沥冲过去，二话不说就把她流血的指头放在嘴里吮吸。应璟上楼去找创可贴。跑下楼来，安娜蜷在大沥怀里，像个小孩一样泪流满面。

你俩吃得开心，都不给我留点……安娜委屈地说。

是你自己说不吃的呀！大沥把她包好的手捏在掌心里。

我说不吃，你就真的不理我了？安娜眼泪又流出来了……

应璟，你能过来帮我个忙吗？安娜盘腿坐在床上，举着她受伤的手，对从门口经过的应璟说。

应璟走到她的房间里。

房间里充满了安娜的香水味，比她住进来之前略有些凌乱，桌上摆着耳环、香烟、火机、钢笔，还有药片。

伤口太深，手太疼了。安娜皱着眉头说。

你可以试着摘一些薄荷，弄碎了敷上，消炎镇痛的。应璟建议。

不行，那个味道我受不了，太臭了！安娜连连摇头。

应璟无言以对，站在床前，等着安娜进一步发号施令。

你能不能……帮我把我的 iPad 从那个包里拿出来。她用下巴指示着。

应璟在墙角的包里，找到了 iPad，递给她。

帮我打开好吗？坐！……安娜挪了个位置给她。

应璟帮她把平板电脑打开。开机之后，屏幕图片是安娜和大沥的合影。两个人肩并肩，头碰头，搂着，身后是蔚蓝的大海、洁白的沙滩。

这是在长滩岛，我们度蜜月的时候拍的，那时候真年轻啊！安娜感叹说。然后她熟练地用没有受伤的手指打开了一个相册，里面全是她和大沥的照片。

应璟坐在安娜身边，觉得自己像患了强迫症，或者是屁股上沾了胶水。明明心里不想看，但就是忍不住，要去看。

你看，这是我们大学时候的照片。我和他都是学生会的，他管体育，我管文艺。其实早就在一起谈恋爱了，但开会的时候，还要一本正经，让别人看不出来……那时候，真年轻啊！

这是我们刚毕业的时候在北京照的，我在北京实习，他留在南方，分隔两地，每个周末，他就坐几十个小时的火车来看我，在一起待一天，又坐火车回去……他真的很能吃苦，有时候火车上没有座位，他就那么一直站回去……有一次，他竟然在北京待了足足的五天，我问他怎么会有假期，他说为了得到这五天，他一个人揽了五个人的工作，各种调班，整整一个月，每天只睡四个小时……

这是我们租的第一个房子，很小，只有五十几个平方，却需要用他半个月的薪水来支付。那时候虽然苦，但日子过得很好，你看这一桌子的饭菜，都是他做的……

这是我们的新房。他的单位分的，我们只付了一小部分钱。12 楼，光线特别好。当时，真的体会到，有了房子，就有了家……

这个柜子上的木雕，是我们在菲律宾旅游的时候买回来的，他特别喜欢……

这是我们的蜜月照，这也是，这也是……这是他和我爸我妈……

“应璟！”大沥的声音响起，打断了安娜滔滔不绝的展示。

她俩同时抬起头。

大沥站在门口。

“马活和曼丽让我们过去一趟。”他简短地说。

噢！应璟在安娜的回忆中清醒，马上站起来，逃一样离开了那个房间。

他们一起去参加马活和曼丽的婚礼。马活生平第一次穿上西装，见人就笑，合不拢嘴。曼丽穿一身红礼服，自己给自己盘的头发，侧面别一朵大红花，显得妩媚娇美。

他们去，不但要给红包，还有任务的。大沥负责给婚礼播放音乐，放一些《明天我要嫁给你》《婚礼进行曲》之类的歌曲。应璟负责给大家发喜糖。

全村的男女老少都来吃酒。

小孩子们最喜欢参加婚礼了。难得有机会，所有的小孩都聚到一起。别人大喜，他们大乐，再也没有比可以放开玩，又马上有一顿好吃的等着的感觉更好的。过家家，是永远也玩不腻的游戏。尤其喜欢扮新娘子，那边还没有拜天地，他们先拜开了，雀跃，欢笑，奔跑，时不时到灶台旁边去监督一下。丰盛的宴席由一个擅长厨艺、经验丰富的长者统筹指挥，各家各户都来人帮忙，男人们砌灶，杀猪，宰鸡，剖鱼，女人们择葱，剥蒜，淘米，洗碗。

农村里的流水席，喧哗热闹，一桌乡宴，四道凉菜，六道热菜。流水席，人们自行组桌，零散来的人们见哪儿有空位，就上去就座，吃完一桌走了，有人迅速上来收拾擦桌，马上又坐满一桌，又是一番凉菜热菜轮番上桌。

乡下最热情的妇女，被安排去添饭。她们一般身形魁梧，笑容满面地将一大笸箩米饭抱在怀中，来回穿梭巡视，见谁的碗里行将要空，右手挥舞起大木头饭勺子，当头就给人盖下去，那人的碗里立马满了。也不管你吃不吃得下，在主人的眼里，要让你自己起身去添饭，是一种怠慢。

忙得差不多了，应璟端着喜烟和喜糖抬起头寻找大沥。

阿彪和几位村里德高望重的老人坐在一起，已经喝上了，面红耳赤。

小熊作为伴郎，一直陪在马活身边，也穿着一身西服，难得一见的是，头顶的墨镜不见了。

大沥坐在调音台和大音响中间。安娜在他身边，穿着一条大花裙子，一只脚踩在长椅上，下巴搭在大沥的肩膀，笑笑地看着热闹。村民们对这个新来的女人很好奇，看看她，又看看应璟。

来来来，该咱们吃了，曼丽招呼着，把小熊、阿彪他媳妇都拉过来凑一桌，大沥和安娜也过来了。

照顾不周，照顾不周，曼丽笑着给大家一一安排位置。

只剩一个座位，曼丽把大沥按了下去，落在应璟身边。

安娜还站着。

坐在大沥另一边的小熊想站起来，被曼丽瞪住了。

阿彪的媳妇，也想站起来，也被曼丽盯住了。

气氛有些尴尬。

倒是安娜，继续保持着微笑，站在那里，什么也不说。

就在大沥要站起来的瞬间，应璟轻轻站起来，离开了。

她径直朝前走。走得很远，很远，拐上一条大路，又拐到一块菜地边，停了下来。

这几天她是怎么了，喉咙里总是忍着什么。她站在那里，目光投向远方。风带着凉意，越来越大。所有的树都在纷乱摇摆。地面的杂草，随着风势高低起落。尽管离了很远，但那边还是热闹的。不时有新的客人前来，鞭炮声又响起。

突然，喧闹的音乐声停止了。

一首歌的前奏遥遥远远传了过来。

那是她听过的。

幽美村落，夕阳如血。

菜地早已收割，只堆着几堆谷草。一棵树上，麻雀们跳来跳去，叫个不停，突然又集体拍打翅膀飞到空中，瞬间又猛然冲下来，落在地面。

《一千个吻那样深》。

她伫立路边，直视前方，内心波涛汹涌。

姐姐：

我今天去电视台参加了寻人节目。

前段时间，就有编导过来采访，和我沟通过了。刚开始，差点就没把我选上，因为我的故事，太普通了。而且，编导说，最好是有两个人一起上节目，比如，把我奶奶请过来，我说，我奶奶已经去世了……后来，编导突发奇想，说，能不能把你的同事，这些跳舞的女孩子都叫过去，你们可以现场跳一段有关父母亲情的舞蹈——寻亲的节目一般都是悲苦的人去做嘉宾，突然来了一群青春焕发的小姑娘，帮你跳一段舞，这样独特的寻亲方式，肯定能引起观众的注意。

我去问娟子，这样行不行？其实根本不抱期望的，因为我知道，舞团现在真的特别忙。没想到娟子竟然答应了，她去问演员们，大家也很乐意。后来娟子亲自帮我们编了一段三分钟的舞，我也参与其中。这段舞，编得特别特别地用心，我能感觉到，娟子将她的心，都放了进去。每一个举手，每一个转身，都把我想要表达的感情编进去了。每一次排练，都有演员跟着我一起流泪。每一天，我们都是在舞剧排练结束后排练这个舞蹈。我知道大家其实已经非常累了。但是为了帮助我，她们仍然认真和投入。每次在凌晨和她们说再见的时候，我都向她们鞠躬，因为我确实没有其他的办法可以回报她们。

今天的节目非常成功，因为有这么多人陪着我，我没有那么紧张。先是和主持人聊了一会儿，讲了父母亲的情况，以及我在乡下的生活，后来还讲了我为了寻找父亲怎么来到北京，怎么认识了舞蹈团，怎么开始学习舞蹈。然后就很自然地说，想跳一段希望爸爸妈妈出现的舞蹈。

三分钟很快就过去了。这是我第一次参加“表演”，有些动作，我是发着抖完成的。因为我真的特别伤心。跳完之后，我的胃在痛，脸上全是眼泪。我发现现场的观众，有好多也在抹眼泪。他们全部站起来，为我鼓掌。

离开的时候，我问主持人，有希望吗？

主持人说，回去等着吧，孩子。实话说，参加这个节目的人，有一大半仍然没有找到亲人，但是，多一份努力，就多一份希望。只要有希望就好。

我今晚，恐怕很难入睡了。

花衣

晚上，她敲开了他的门。

四目相对。他丝毫不躲闪她的目光。

你想说什么吗？她问。他没有回答。她等了一会儿。还是没有。

她飞快地转身离去了，心里充满对自己的愧疚。怎么问出了这样的话？我是不是疯了？她是个写书的人，告诉过别人，一定要抛弃一切幻想，不要再依赖任何人，没有任何一个人是非拥有不可的。但是，刚才，她居然跑到人家的门口那样去问。想到自己用那样的语气说过话，她就无法忍受。太可笑了。她一边快速地走着，一边拼命地笑自己，希望这种感觉能快点过去，赶快消散不见，就像从来没有发生过一样。

大沥追了上来，抓住了她的手臂。

她不希望此情此景如肥皂剧一般狗血，就停了下来，等他和她肩并肩，一起往前走。

他们是大学校友，他追求的她，毕业后结婚。婚后，开始要孩子，却一再流产，这让他们身心俱伤。后来，他们尝试做试管，还是一次次失败，为了不再让她受伤害，他放弃了。不要孩子，两个人也可以过快乐的生活。但她不同意，死活要继续生。矛盾从此开始，生活争吵不断，当心烦意乱的他提出要辞职去山里的时候，她把原因完全归结到生孩子这件事上，说他想逃避。他们的关系起了奇妙的变化。离婚是她提出来的。像发了疯一样，非离不可。然后他答应了。他完全没有办法，刚开始那段时间，他也非常痛苦，感觉自己快要垮了。直到办完手续后，离开了那座城市，来到山里。

而她，在次年被查出得了一种不容易好的病。这种病，不能激动，不能生气，随时都有生命危险。

他向她坦承，他无法摆脱安娜对他那种近乎病态的依赖和纠缠。自从她生病以后，她就没好好在医院待过，总是想尽一切办法查询他的行踪，无论他走到哪里，她都会追到哪里。见到他，她喜怒无常，时而宁静，时而疯狂，有时，她表现得和一个健康人没有两样，有时候，脆弱得一阵风都能把她吹倒。

所以，大沥说，我不知道该怎么回答你，因为我也不知道明天会怎样。她曾经是我的妻子，是我曾经发誓要保护一生的人，我不能把她撵走，让她因为激动出现生命危险。她也是可怜的人，曾经那么多次伤心……

听他这样说，应璟很想流泪，但是，哭，根本无法表达她心里的感受。

他把她拉到自己身边，这几天，我也不知道该怎么向你解释。我也无从解释。但我每时每刻都在脑海里向你倾诉，希望你能谅解。对不起。

他的“对不起”击穿她的脊背，让她感到胸腔发痛。她只能把头，靠在他的胸口上。

他们的耳边，只有风的声音。不管怎么样，这个拥抱，让她感到实在。

过了很久，他摸摸她的头说：

回去睡吧，今天过去了。

他们刚回到院门口，就闻到一股呛鼻的酒味。

安娜醉卧在躺椅上，手边的一坛苞谷酒，已经下去了大半。

你疯了！大沥飞快地上前夺走她手里的酒。

我不但疯了，我还快死了！大沥！安娜满脸通红，抬起身子，醉眼蒙眬地看着大沥，说完这句话，又整个儿倒在椅子上。你别以为你抢走我的酒是为我好！你什么都不懂，你整天游走在天地之间，和美丽的旅馆老板娘相伴，能与我感同身受？她这话一说完，就笑了起来，笑得无缘无故，笑得肆无忌惮，哈哈哈哈，肩膀直抖。

大沥把酒放好，沉默地在一个空凳子上坐了下来。

应璟看着眼前的两个人，在得知了安娜的情况以后，她终于知道了她为什么是这样一个难以捉摸的、可怜的、被惯坏的人。一个已经绝望到无能为力的人，无法和现实和解，只能在大沥身上使劲。

安娜对大沥说：你们刚才出去，我把我的一生从头到尾想了一遍，发觉没有一件事是做得完美的，包括跟你结婚。太可悲了。所以，我必须喝一点。

大沥用手抱着头。可能这样的话他听得太多了。

过了很久，他抬起头，对安娜说：我今天接了你爸的电话。

他说什么？

还是那句话，让你回去治病。

不，我不回去。我就死在这里，死在这里也不错。她仰头在躺椅上调整了一下姿态，看着天上的月亮，用一种超然物外的语气回答。

安娜，你没有权利说死在哪里！那会让太多的人心痛！回去吧！我带你回去！我跟你走！大沥用央求的语气说。

走？往哪里走？安娜早已酩酊大醉，双腿一伸，在躺椅上伸了个懒腰，说：此时此刻，你要是喝点酒，你就会明白——一切皆无用！

大沥流泪了。

应璟鼻子很酸，眼睛也红了。

看他俩如此，安娜却渐渐喜形于色，神采奕奕，看着天空唱起了歌。她的眉毛和鼻子，随着歌声上下飞舞。脸上的红晕越来越浓。头发在夜风中飞起，她唱得如醉如痴，那个样子，很美。

第二天一早，应璟端着一碗米粥、一个煮鸡蛋来到安娜的房间。

安娜已经起来了，坐在床上，对着窗外的绿色发呆。

应璟把吃的放下，坐在了书桌跟前。

大醉之后的安娜，头发有些乱，脸色还好。她看了看粥和鸡蛋，很自然地拿起鸡蛋，递给应璟，如同平时对大沥一样。应璟明白她的意思，接过来，在木桌上磕了两下，一点一点剥起来……

头疼吗？她问。

不疼。安娜说。

纯苞谷酒。可能不那么上头。

哪天再喝。

不能再喝了。

大沥呢？

坐车去县城了，你不是想吃面包吗，还要一个吹风机，他去给你买去了。

从这里到县城要多长时间？

四个小时。

面包不要那种太油的、太甜的……

他应该知道吧。应璟把剥好的鸡蛋递给安娜。很自然地，她以为会听见一声谢谢。但是，安娜没有说。她一口一口地吃着鸡蛋，一点点地咀嚼。

你的身体怎么样？安娜问。

嗯？

你的身体？

应璟坐在安娜侧面，安娜的脸部显得很瘦削。安娜注视着她，她不太懂得对方的意思。

还好，我每年体检。

这个很有必要。

嗯。

这个房子是你的吗？

不是，我和房子的主人交换了房子。她现在在北京。

你北京的房子怎么样？

很普通，在一个树很多的小区里，五道口。

“行人车辆请注意，火车就要开过来了。”安娜模仿一种口音说。（注：五道口繁华路口有一段铁路，每隔一段时间，都会落下栏杆，播放这段录音，在那里生活过的人都很熟悉。）

应璟会心一笑，你在五道口生活过？

嗯，我告诉过你，大学毕业去北京实习——你家里再没其他人？

没有了。

你结过婚吗？

曾经结过。

噢。你们有孩子吗？

没有。

那他呢？

死了。

因为什么？

心脏病。

所以你就来这里了？

对。

你们感情好吗？

曾经我以为挺好的。

他一定是外面有女人了吧？安娜突兀的问话，听起来特别刺耳。

对。应璟坦率点头。

这种事太正常了，安娜摇摇头说，你有没有同感，任何婚姻，都不过那么回事。两个人，所能发生的故事，就那么几件。

应璟突然感到心跳得很厉害。很长时间了，她再也没想起过，和谁聊起过倪楠。他甚至从来没有在她梦里出现过。现在，却突然这样跟另外一个女人提起。

安娜伸手去握住她的手腕，他叫什么名字？是个什么样的人？

倪楠，是一个聪明、和气、亲切又稳重的人，做什么都认真。可是……不管怎样，有机会婚外情的时候，却是一点也不含糊！应璟自嘲地笑笑。

你就把这当个笑话看吧。男人都是兽性的，必须看清楚这一点。没有男人喜欢过安定的生活，他们就喜欢陌生的怀抱，喜欢那种探奇、冒险、放荡的感觉。

大沥有过婚外恋吗？

没有。——或许有，我不知道……这句话没说完，她又转用肯定的语气说，没有！肯定没有！因为——婚后那几年，我们为了孩子，真是殚精竭虑。每个月，算时间，测排卵，量体温，抓紧时间干活，生怕错过任何一个好时机，最后让两个人的亲密变成一个沉重的任务，毫无乐趣可言。接下来，就是迎接每个月大姨妈来的时候，那种失望和沮丧。月月如此，反反复复。我和他都快崩溃了。尤其是我们家楼上那对小年轻生了孩子，那孩子每天不停啼哭，每一声都在扎我们，催我们，逼得我们去做试管。

做试管的日子，可真是受了太多苦了——如果那还能叫日子的话！现在，我家里的因为做这个领回来的病历发票，还有满满一大盒子。天天打针，抽血，屁股都打开花了。每一次我去打针，扒下裤子，大沥的眼泪就往下滴。第一次，没成功。第二次，已经有胚胎了，胎停。然后第三次，还是失败……一次次促排取卵，我疼得都无法走路，还导致腹水。肚子肿得比怀孕还大。那条路太心酸……

安娜坐在床上，平静地说着这一切，仿佛在说别人的事。

应璟想起大沥说的，安娜也是个可怜的人。

生活远不能事事如意。应璟说。

是啊！我认同！但是，我不甘心的是，在经历了这么多痛苦、焦虑和挫折之后，我竟然又成为了一个绝症患者？——正确的套路，难道不是拨开乌云见青天？

安娜笑了，让应璟都不忍去看的笑。

我住过一段时间的医院，但是里面的人把我吓了一跳。我真的不想住进去，忍受各种治疗，但一切还是在迅速地变坏，我不想在医院里看见自己穿着条纹病号服，脸越来越难看，大把大把掉头发……我刚开始选择和往常一样的生活，每天依旧乘地铁上班，下班逛街，周末清洗熨烫衣服，在电影院里坐着有那么一瞬间，完全忘记了一切。但是，我知道，身体，在一天比一天坏。后来，我看所有的东西，都是摇摇欲坠的。那些花，你们看到的是新鲜和美艳。我看到的却是死亡和凋零。这些树，在我的眼里，它们很快就会成为过去，叶子会变黄，会掉下来。当我的意识全是这些的时候，我最想做的事情，就是来找大沥。只有在他身边，一切才没有那么摇晃和脆弱，我才能不那么时时刻刻都想哭。你一定知道，每个晚上，我都会去大沥的房间。那是因为，我必须跟他说说话，才能睡着。他总是对我说，坚守人生的第一要义，就是，接受一切发生的事情。

不过，你真的，应该回到医院去，或者，去一些你计划要去的地方。

马湖就挺好！马湖比医院好多了！躺在这个院子里，那棵樱桃树下，让太阳把肚皮晒得暖暖的……有太多想去的地方，现在都不想去了……曾经我设想过自己的晚年生活，和大沥，去到一个海边城市养老，黄色的沙滩、白色的海浪、细碎的阳光、到处乱跑的小螃蟹，还有海鸥……我以为人生应该自由，现在我不这么认为了，我需要的不是自由，是休息。比起那些挣扎的人，当我彻底在休息的时候，我的心里反而会更好受些。

大沥从县城回来，给安娜买了一条花布裙子。

她照着镜子，这里摸摸，那里捋捋，脸上尽是高兴，仿佛在享受一件至高无上的事情。她一头浓密的头发配上长裙，双肩突出，韵味十足。大沥的目光一直在她身上。他说：裙子的腰稍微宽松了一些，你最近又瘦了。

如果我熬得过明年，我也许还会买些夏天的裙子。她说。

安娜时常久久地呆看着夕阳，什么也不说。

或者拿出相机，拼命地拍，快门哗哗使劲响，她全神贯注地拍，脸色苍白，拍完之后，她又把它们全部删了。要么她就戴着一双手套，不停地擦地板。或者，在太阳把躺椅上的垫子晒得发烫的时候，躺在上面，脸贴靠枕流泪。

面对这些，应璟唯一能做的，就是让她这样。她深知，悲哀是人生的一种，没有真正超尘脱世的人。

十一月，山胞要过彝历年了。这是完完全全属于当地人的节日，应璟认识的一位彝胞，邀请他们去过节。应璟把安娜也叫上了，希望欢乐的气氛，能让她快乐一些。

杀猪宰羊，是过彝历年的大事。他们一到朋友家门口，就遇见了杀猪。

土墙房子跟前，一垄粗壮的竹林旁边，早就围来了好多看热闹的小孩。

猪被从猪圈里拉出来的时候，似乎预见了即将的遭遇，发出分贝极高的尖叫声。这个声音，让安娜抖了一下，大沥察觉了，用手搂住她的肩膀，这个时候，主人正忙，来不及接待他们。几个男人，把猪按住，彪悍的主人提着尖刀过来了，一刀下去，鲜血喷涌而出，猪嗷嗷惨叫，拼死挣扎，小孩们欢呼雀跃，跑过去看大人用一个硕大的脸盆接猪血。猪很快没了动静，被拉到一个土灶旁边，用开水煺毛，很快，它就会变得光滑白净，被开膛掏肚，大卸八块……

忙碌的主人，终于得空回头看看，发现应璟他们来了，就热情地上前，和他们握手。

开水刨猪的声音哗哗作响，一股热腾腾的臭气飘来，安娜脸越来越白，她伸出手，握住主人家的手，发现他手上的血迹未干，就突然甩开那只手，尖叫一声转身跑了。大沥和应璟赶紧追上去，大沥抓住了她，她却转身，伸手就要给应璟一个耳光，她扭曲地、尖声对应璟喊：你是故意的吧！你故意带我来看这个？你安的什么心？她挥出去的手被大沥捉住了，应璟却惊呆了。

安娜挣脱开，握紧拳头，开始转身打大沥，一拳又一拳，完全失控了。大沥没有去拉她，而是转过身，用背来抵挡她的拳头。

住手！应璟试图去拉住安娜，却被大沥一把推开。

这个女人真的病得不轻！发怒的样子穷凶极恶。她如此暴力，让应璟大为光火。大沥转身抱住安娜，提起来，就往回走去。安娜仰着身子，面色狰狞，嘴里不停咒骂，双腿不停踢打。

很多人围过来观看，应璟实在不愿意面对眼前，再加上请客的主人正面对此景不知所措。她转身，走向这家主人，向他道歉。至于他们两个，让他们去吧！

那头猪很快被收拾出来，放在案板上分割开来。很大一部分猪肉，将被抹上很多很多盐，用松枝熏烤过后做成腊肉；还有一部分，就在这一天，被炒成油亮亮的回锅肉，炸成香喷喷的油渣，和一碗碗下水乱炖，被四面八方来的客人吃掉。一顿丰盛的杀猪菜，应璟却吃得无滋无味。宴席一结束，她就告辞了。她想赶回去，看看大沥被打得怎么样了。

但是，等她匆匆回到小院门口的时候，她却突然又没那么迫切地想进去了。她选择来到薄荷地，在地里蹲一会儿。绿色潮湿的土地上，一片片微小的叶子在迎风摇动，它们的气味依旧浓郁异常，她有些茫然。

那一个晚上，大沥都在安娜的房间里没有出来。那个房间再也没发出任何声响。

第二天早晨，应璟起床，发现安娜在地里忙活。

所有的薄荷都被她抓住叶子，连根拔了起来。

安娜站在泥土里，背对着阳光，头发被撩起来扎成一束，脸色红润，一点不像昨天发过疯的人。她擦擦满头大汗，对应璟说：早啊！这个地里薄荷太多了，可惜这块地了，我去买了些萝卜种子，现在种下去，过一段时间，就能吃上新鲜的萝卜了！

应璟什么也没说，转身回到屋里。

大沥跟了进来。

请你……不要介意。

我确实介意！你们这样做，是不是要先问问我呢？这些薄荷长得好好的，为什么要拔它们？

我早晨醒来，她已经在做了。

她到底要干吗？她为什么要这样，大沥？你为什么总是这样迁就着她？她把这里搞得一塌糊涂！

大沥没有回答她的问题，说：真的很抱歉，她是有一些任性，我们宽容她，好吗？……

可是我答应过花衣，好好照顾她的薄荷。

我赔钱给你行吗？安娜站在门口，语气冷淡地说。

应璟被激怒了，她走到安娜跟前，看着她的眼睛说：你是一个病人，但不意味着你可以任性，不是没有人能感同身受体会你的痛苦，你就可以肆意妄为。这个世界从来就是不平等的，你所受的苦，只能自己担，所有人的苦都是。你不要再折腾了，不要让爱你的人，将来想起你，都是痛苦的回忆。我如果是你，会加倍珍惜眼前的一切，而不是摧毁它……还有，这一切，跟钱一点关系都没有！她说完这句话，就推开门出去了。

尽管背对着他们，她仍可感到那女人此刻眼光的崩溃和凌厉，以及大沥是如何用尽全力，控制着她。

应璟一个人去湖边走了很久。她努力说服自己不要再生气下去。他们，只是她的两个房客而已。而已！

湖面水波荡漾，岸边有一棵树，寥寥几片树叶还挂在枝头，粗大的树枝伸向远方，天空是灰色的，湖水也是青灰色的。晚秋时节，一切看着是那样凋零。

湖水让她镇静下来，心头的郁闷火气被风驱散。

天空开始飘落细雨，她才折返。

刚转过身，她就看见旅馆的方向，冒起一缕青烟。

然后是敲锣的声音，有人在远方喊：起火了。

她脚步加快，跑起来。

颠簸的土路，让她气喘吁吁。她脑子里想的全是安娜，安娜！一定是安娜干的，不然怎么会平白无故地着火呢？她到底要干什么？？？！！！

等她跑回去的时候，烟雾已经没有了。旅馆外面里三层外三层围了好多人。村民们有的提着桶，有的端着盆，正交头接耳议论纷纷。

看见应璟回来了，给她让出了一条窄缝儿。

应璟挤进去，空气中是呛鼻的味道，她第一眼就看见安娜坐在地上，披头散发，被大沥抱在怀里。

阿彪和马活浑身是水，提着桶迎向她说：还好，发现得早，只是烧了一个蚊帐……

马活气愤地靠近应璟的耳朵说：你怎么能容忍一个疯女人住在你这里？太危险了。今天要是发现得晚了，你这个房子就全完了！

应璟非常冷静，爬上楼到安娜的房间看了一眼，确定再也没有隐患，回房间拿了一些钱下楼，递给马活说：你带着大家都散了吧，帮我请所有人吃顿饭，谢谢大家！

人群散去。应璟回到院子里，准备上楼。

大沥喊住她：应璟。

应璟停下来，还是淡然的表情，她看着大沥，和他怀里不停发抖的安娜。

很抱歉，真的很抱歉。大沥狼狈地说。

应璟什么都没说，收回眼光。上楼，回到房间，关上门。

天黑得很快，雨开始下大。铺天盖地的雨水，落在房顶、树叶、田埂、湖面。连远处爱在夜里叫两声的狗，也安静了。

在雨声里，她早早睡了。

第二天一早，安娜和大沥都走了。

他们走这天，很阴沉。灰白色的天空，随时都还要下雨。应璟用了很长时间把安娜的房间收拾好，一个人走出房子，凝望远处萦绕在山顶的白雾。这一次，她想，大沥可能再不会回来了。

姐姐：

北京来暖气了。暖气真好。不管外面有多冷，在房间里，穿一件短袖就可以了。我原来还挺担心，担心北方的冬天把我冻死，现在我觉得，北方的冬天太好了！比南方的冬天好过多了！

今天写信，我要告诉你一件让我自己都很难相信的事情。

《四季》的编导，就是那个让人害怕的男老师，今天找我谈话了。

他说他看了我们的那个电视节目，想让我参加到《四季》的排练，让我演一只鸟。他说，虽然我才学舞蹈不久，没有基本功，但是，那只鸟，就应该是我这样的人来跳。我真的是太惊讶了。问他，那我还打扫卫生吗？他说，当然不了！每天，我要跟着演员一起练功，排练，除了工资，我还会有演员补贴。将来，还要一起到几个大城市巡演。

这件事对我来说，就像做梦一样，我居然可以，参与到一部大型舞剧里面去。太不可思议了。我太高兴了！我见到每一个人都想告诉他。

回到家，我就写信给你，跟你分享我的喜悦。

姐姐，真的太感谢你了。没有你，就没有这一切的发生。

明天，我就要开始收拾东西，搬到舞团的宿舍去住了。虽然宿舍是几个人一间，条件没有你这里好，但是北京太堵车，我要把所有的时间都用到排练中去，不想浪费一点在路上。

要离开这个房子，真的挺舍不得的。我会把家里所有的地方都擦干净，重新养的这些植物，现在都长得好好的，以后每周，我都会回来给它们浇水。等将来你回来的时候，你会看到一个充满绿意的家！

今天就写这么多，我得早睡了。

晚安！

花衣

# 12

我什么都不想，只做着这一切。
虽然困难重重。

她没有把安娜种下的那一小块萝卜拔掉，而是在那周围种上了薄荷，继续精心照料它们。

日出而作，日落而息。

萝卜苗钻出了土地，慢慢地生长，每天都在改变颜色和长大个头。

冬雨绵绵。

白昼越来越短，山顶开始有了一层薄雪。他们走后，每天的时间始料未及地变得漫长得难以挨过。冷冽的空气，让她开始想念北方的暖气。

她仍然每天很早醒来，曾经清晨是她最爱的时光，但是最近她一睁眼，孤独感就涌上心头。掀开被窝，哪里都是冰的，感觉似乎灵魂也要被冻住了。她打开窗，晨雾涌入，外面一片安静，仿佛世界就她一个人。

最近总是下雨，偶尔飘雪，路面总是湿漉漉的，她哪里也不想去。

她想到大沥说的，山上有一个不为人知的温泉。她很想去，但不知道在哪里。

过去，她很少打开手机。最近，每天，她都会打开看一看。

她来到大沥的房间。用手抚过被太阳烤热的书桌和衣柜。她早已把花瓶里干枯的野花扔掉了，换成了清水，这脆弱的东西，有盛放，就有枯萎。桌上有一个本子，里面有野花的标本、拍摄的计划、从脑子里跑过的句子、远山的素描，以及他向山民讨教的烹煮野菜的食谱，字迹有力紊乱。写着写着，就很厚了。这个本子翻起来很有意思。两张照片掉落出来。她在野花丛中，头发被风吹动，云海就在身后。大沥拍的。

她拉开他的衣柜，鼻子闻到一股木头的香气。这是她从老乡家里淘来的衣柜。外面的镜子有一个小小的裂纹，里面利落整洁。迎面是挂在衣架上的T恤。非常简单的几件，带着点洗衣粉和阳光的香味。T恤都是棉的，做工精致，没有任何图案，她用手撩起一件，掌心感觉到棉的熨帖，她想起他刚来的时候，那个下雨的晚上，他穿的就是这个。除了T恤，还有一件有很多口袋的宽松外套也挂在里面，每个纽扣都扣得整整齐齐。衣柜底部，有两件叠放的毛衣，一件浅棕色，一件黄色。她把她从未看他穿过的黄色那件拎起来看了看，又重新叠好，尽量让它放回去整齐如初。她心里还是有些慌张，只是一个衣柜而已，她知道此刻他不可能回来，但是这种窥探，让她略微有些心跳。

出去的时候，她看见墙角还放了一双做工精良的鞋子。

那是他经常穿的，留在了这里。

这些都说明什么呢?

什么都不说明。

她心里说：不要再相信生活给你的很多提示，都是误解，到处都是误解。还有很多分歧，比如，他坚信安娜是个天真的人，只是无助而已，而她不这么认为。但是这种分歧是不可讨论的，自然什么结论都不会有。

她已习惯，生活在寂静中，只和风声相伴。

每天，仍然把所有窗户上的灰尘清扫一遍，把床边的花瓶清洗干净，装上清水。

累了，就在堂屋的躺椅上盖着毯子睡一会儿。醒来，睁开眼，看看眼前的湖水。

她吃得很少，喝水，使劲喝水。

有时深夜，她会起来，在黑暗中坐一会儿。因为寒冷，所有人都早睡了，山湖之间，只留下雪花的声音。

她又想起了那些背叛、分离、伤害和宽恕。

过去，她是那种，无论何时何地，都会把自己照顾得很好的人。一切都打点得很好，什么都会，赚钱、洗衣、做饭、换灯泡、搬快递、组装家具，根本不需要他操心。倪楠经常会把“我敬你是条汉子”挂在口头。

她从不偷懒，时刻将自己的心念控制在积极正面的范围。自己能做的事情，全部自己做，自己不能做的事情，想办法自己做，为自己挡下各种困难，不但不让别人操心，连让别人担心的机会都不给。

曾经，为自己是一个不需要别人照顾的人而感到骄傲。就连有了什么不好的情绪，都不需要找倪楠，自己去散个步，回家洗个热水澡就解决了。这些年，除了感觉到疲惫，她很少感觉到过多的负面情绪，也极少找他倾诉什么。所以，不管她做出什么样的选择和决定，倪楠都是觉得理所当然的。好像她天生就是一个来去自由的侠客，一切了然于心中，没有她搞不定的事情。他们两个要出门旅行，行李箱都是各自收拾各自的。回到家，又各自把东西收起来。

她现在开始有点明白些什么。

就如倪楠给她留下的话：没有我，你照样能过得很好。

以及，她所亲眼看到的，安娜的各种“我不会”和“我不敢”，和她完全不同啊。大沥成熟、聪明，碰巧脾气又好，即便知道她能做，也要想着去帮她，总是担心她会出什么错，会吃苦，婆婆妈妈地对她操碎了心。

所以，她得出结论：过度的独立也会让女人受到伤害。

一个风声呼啸的夜晚，她突然有了写作的欲望。

于是她打开电脑，输入了第一个字。

从此一发不可收拾。

不知白天，不知黑夜。饿了，做一点吃的；累了，就去冲个热水澡；困了，就躺下睡一会儿。日复一日，她也不知道自己怎么突然之间，有那么多的话想说。她就不停地写着。

两个月后，小说《一千个吻那样深》完成了。

她把它发给了一飞。

姐姐：

《四季》北京的首演结束了，非常成功，来了很多重量级的人物。我站在舞台上往下一看，吓我一跳都！不过我现在看到名人，都没以前那么兴奋了。我专心跳好我的“小鸟”，这个才是最重要的。

演出结束以后，可以休息几天，我终于去爬了一次香山。遗憾的是，红叶早已经没有了。有些树上，还孤零零地吊着一两片，看着挺荒凉的。站在香山看不到北京城，因为空气不好。不管望向哪边，都是白茫茫的一片。我现在，稍微适应了一些雾霾，嗓子没那么痛了。如果不发预警，我也不戴口罩了。我突然觉得城市里面的人挺可怜的，连一口新鲜的空气都没有。我们乡下的人，虽然没有钱，见识少，但是，新鲜的空气、干净的水，那是想要多少，有多少，那也是一种幸福啊！

爬完了香山，我回到宿舍，有个团员跑来跟我说，有人找你！

我感到很意外。因为从来没有人到宿舍找过我。

我走到宿舍楼下，却看不到一个人。那个团员趴在窗上，指着大门对我说，那边！那边！

我追出去，只看到他的一个背影。

一个男的，年龄有些大。

他走得非常快，像逃跑一样，从胡同尽头一拐弯，就不见了。

我不知道他是谁，回到宿舍以后，还是蒙的。一个舍友说，不会是你爸吧？！我的心才剧烈地跳动起来。我再一次站起来，跑出去追。但是，满大街都是人，再也没有他的身影。

回到宿舍，我哭了很久。舍友都安慰我说，也许是他，他来了，但没有勇气见你。但是，你不要难过，他知道你在这里了，将来说不定还会来的。还有人说，也不一定，也许是哪个电视观众看了电视，觉得很感动，跑来找她呢？现在什么人都有，也不排除这种可能。她们把我的心说得特别乱。我自己的内心，也是，有一部分特别希望他是我爸，有一部分，又希望不是。

你说，会是他吗？如果是的话，为什么不见我又走了呢？如果，他是一个连见自己的孩子的勇气都没有的男人，那他，配做一个父亲吗？

也许一开始，我就应该放弃。万一有一天，我见到了一个人，他是我的父亲，但他完全不是我想象的那样，我该怎么办？

我的心太乱了，不能再想下去。

北京越来越冷了，开始下雪。

马湖的冬天特别冷，姐姐你要多保重！

花衣

那天可能是这个冬天阳光最好的一天了。

曼丽约应璟去碾了一些汤圆粉子。她说这是冬天应该做的事情。

在一个小楼上，石磨是由机器带动的，马达转动，轰轰隆隆震天响，整条街都在颤动。把米掺进石磨，加水，转动，碾出洁白细腻的浓汤。然后倒进几层纱布里，滤掉水分，包在纱布里的，就是汤圆粉。把一大团粉用手掰成块儿，放在大簸箕里端出去晒，干了，打散，就是可以吃一年的汤圆粉了。

想吃的时候，盛一点出来，加一点水揉成面团，煮在红糖和醪糟水里。曼丽这样交代的时候，应璟仿佛已经闻到了那种甜糯的香。

把汤圆粉全部端到曼丽家天台上晒好之后，有人来喊她们去吃酒，曼丽的邻居刚生了小孩。

应璟挽着曼丽的手，挤在一堆婆婆妈妈中间，看壮硕的农妇，怎样用茶水漱口之后，用自己的舌头，给刚出生的小孩，舔开眼睛。不知道怎的，她的眼泪很容易就涌了出来。她给小孩包了一个红包，又去街上给他挑了一只闪闪发亮的玩具喇叭。吃完了酒，她慢慢往回走。这是个晴天，远处山顶上的积雪十分晃眼。有几位农妇端着盆子快步超越她，和她打招呼：今天天气好，快去湖边洗衣服！

拐过一条路，就看见院子了，牵牛花已经枯萎，枯枝蔓藤还攀在土墙上面。她绕过土墙，踏进小院，发现门是半掩着的。她走时，分明是合上了。

大沥回来了？

她的心猛跳起来。

不应该表现得太激动了。她深吸一口气，上前一步，用两只手慢慢把门推开。

两个人，正在躺椅上。

戴着墨镜，理直气壮地仰着。

一副在海边度假的样子。

应璟悄悄折了一小截树枝，扔了过去。

哈！女儿！你回来了！穿着花衬衣的父亲跳起来，伸出双臂，把她抱住。好时也站起来，在旁边微笑，和善又得体。

他们跟着应璟进了屋，应璟领他们进了楼上的房间。

不错不错！真是个好地方！这个房子是你盖的吗？

我哪有那么大的本事，是一个女孩的房子，我拿北京的房子跟她交换，还找朋友修整了一下。

真好真好，这个地方真好！父亲来回走动，拉开窗帘，湖景逐一呈现。

这个湖真蓝，水一定很干净！他评价说。然后他又拉开浴室的门，浴室的窗外，竹影婆娑，这里也不错，洗澡也能洗出个心平气和！

应璟笑了：你们怎么找到这里的？

我和好时都是你微博的忠实粉丝你不知道吗？我们看了你写的

“千吻之湖”，也准备到“不失眠旅馆”来赶个时髦……

应璟好好看了看父亲，他腰身挺拔，精力充沛，脸颊泛红，神采奕奕。比过去看着年轻多了。她脑子里突然浮过年少时，他常年沉默阴郁的样子。那些年，母亲因为忧郁症暴躁易怒，精神时常崩溃。其实，那种焦躁也在内心深处折磨着她。父亲一开始还和她吵，后来就越来越沉默。她也从一开始听他们吵架就跑出去，到后来冷静地坐在房间听母亲咆哮。每次看见父亲从房间里走出来沉重的背影，她都非常难过。现在，眼前的父亲，完全是另外一个人。

他们刚从云南回来，用了大半个月的时间去了丽江、大理、腾冲和香格里拉。他们的身上，带着西南方阳光的热情气息。父亲说他的皮肤已经脱过两次皮了。

女儿女儿，你看我给你带什么来了？

一大袋子面包递到了她手上。

应璟眼眶有些发热。

父亲，永远记得她最爱吃什么。

我知道，你肯定很长时间没有吃到面包了。这是我在昆明专门去守着面包店烤的，烤完就带着坐车，这样最新鲜，保质期长一点……

应璟接过面包，马上就坐下来打开一袋，和他们分享。

父亲拿起属于他的那一小半，放进嘴里，慢慢咀嚼。脸上浮现出因为吃甜食而油然而生的喜悦感。

好时伸出手，拍了拍父亲衬衣上的面包屑，说：你俩好好聊聊，我下去洗衣服。

怎么样？您的新婚生活？应璟坐在父亲对面问。

Perfect！不能更好了！

好时是个好姑娘。

没错没错！漂亮、聪明、心眼好，细心、体贴、有情趣。

嚄！爸，原来您会用这么多词语。

父亲对好时的夸赞并没有要停下来的意思，别看她年纪小，可是个很懂生活的人！我这么大岁数了，从来没有见过这样的人，她的人生目标就是——不遗余力地过得开心！从我认识她到现在，我看她对生活的热情从来没有消减过。你下次回北京，到家里来看就知道了，她会做饭，还会烘焙，家里的阳台上，都是她种的花花草草。每个星期，拉着我一起看外国电影，以前我可从来不看外国电影，最近我们看了一部叫《杯酒人生》的，挺好看。

那电影是不错哦。

结婚前，我想好了，不管发生什么，都要对她关怀和包容。可哪想到，她从来没有跟我生过气，赌过气，好像从来就没有脾气，反倒是她有时要包容我的暴脾气。还有一点最可贵，就是她从来不埋怨。我们这次在香格里拉，路断了，被困在雪山脚下，又冷，条件又差，还有高原反应，她一句埋怨都没有，每天都耐心地去打听路什么时候通，还带我去吃牦牛火锅……

父亲说起好时，真是滔滔不绝。

我找她的目的，不是为了在婚礼上让所有人眼前一亮。我是为了和她共度余生的。——人这一生，等发现很快就要过去的时候，机会也跟着不多了。我遇见了她，我就要珍惜，要高高兴兴地、健健康康地、安安稳稳地过下去。人生短暂，就是应该追求快乐到最后一刻。

过去我爱熬夜打游戏，她爱早睡，和一般的老夫少妻完全搞反了。她耐心帮我调整过来。现在我戒了烟，我们天天去健身房，一周游一次泳。出来旅行前，我还报了驾校，每天在那里被教练骂得像个小学生……等明年，我们就可以自驾游了！

父亲还没说完，好时又进来了。

哇！好时，应璟说，我爸夸起你的优点来，可是不遗余力呀！

是吗？好时眼睛笑成一道月亮弯儿，你爸优点也很多啊！

那么，应璟问好时，我爸最大的优点是什么？

好时想了想，说：答应我的事，他都能做到。

看着父亲过着青春美满的幸福日子，应璟为自己过去的莽撞道歉。她其实并不希望父亲变成一个孤独的老人，冷冷清清在家待着。她说，她终于理解了父亲所说的“及时享受人生”，并为他感到高兴。

如果你为我感到高兴，那你就尽情地高兴，因为这也是我努力活得开心的原因之一。父亲说。

父亲和好时在“不失眠旅馆”住了一个星期。

天气冷，没暖气。应璟给他们准备了两床棉被，又去买了一个电热毯。

电热毯不好用！从未睡过电热毯的父亲用了一次就嚷嚷，太热了，背心出汗，脸还是冰的。

南方的冬天，连阳光都被冰封。

他们一起爬山，散步，一起做饭，聊天。

冬天没有什么水果，应璟就买了一捆甘蔗回来。

当地人特别喜欢吃甘蔗。从小孩，到老人，没有不爱吃的。当地出产一种绿色的甘蔗，比红甘蔗细，当地人，仅凭借眼睛，就能看出哪一根汁水更甜，哪一根更容易撕开。要咬开结头，需要一点牙劲，然后用牙齿将甘蔗皮片片剥离，里面的蔗秆清甜多汁，那种滋味，比喝任何一种糖水都清新甘醇。

他们一起吃甘蔗，两个女人吃得很快，经常在父亲吃掉一小截的工夫，她们已经完成一大根了。

你们这速度，跟榨糖机一样快。父亲说。

应璟拍拍手上的蔗皮灰，抢过父亲手里的甘蔗说：来，我撕给你。

她把蔗皮撕下来，然后用手将洁白的甘蔗秆掰下来，递给父亲，就像当地人为孩子做的那样。

一夜寒风之后，又下了一点雪。父亲第二天起来，发现屋檐下垂落了一些冰柱，晶莹剔透。

气温更低了。

应璟去买了点羊肉，慢慢炖成汤。生了个小炉子，端到堂屋去，然后再把还在咕嘟作响的砂锅也搬到火上。

吃羊肉前，还有最后一道工序，应璟说着，将洗净的薄荷叶放进羊肉汤里。绿色的叶子变软，触动了羊肉的鲜美，香味飘入父亲的鼻中，他已迫不及待。

真香！真香！父亲说。

这里的羊，是山上放养的，吃的是野草，所以一点都不膻。薄荷呢，又是渗透性很好的植物，和羊肉是绝配！应璟说。

碗给我，我先喝口汤！

错了！应该是，先吃肉！应璟捞了一块递给父亲。

他们烤火，一边吃，一边聊天。父亲过去在农场待过，所以，他和她聊起了庄稼。水稻该怎样种，玉米该怎样种，四季豆该怎样种，还有怎样养猪。

爸！我现在最拿手的，就是种薄荷。

我知道呀！万一明年，你开始想种点水稻呢？她爸说。

是哦……应璟拿起面前的酒杯，举起来和父亲碰了一下。

每天的晚饭，她都会陪父亲喝上一两杯。

虽然这些年来，她和父亲关系都不算很好，但这回和他喝了几次酒以后，她突然发现彼此间有许多的共同之处。

一砂锅羊肉很快一扫而空。

真带劲儿！父亲神情满足，吮吸着手指上的肉汁。

吃完了饭，洗净了手，父亲再次坐到应璟面前，两手交叠，放在肚子上，一副要开始促膝长谈的样子。

给爸爸讲讲，你的生活。

我的生活，就是这样，你都看到了。

书还在写吗？

嗯。

有……遇到什么人吗？

……

不管什么时候，有喜欢上一个人的感觉，是幸运的，一定要好好把握。不管在任何年龄。

爸！你是从我书上看来的吧。

哈哈，是吗？我怎么觉得是我自己的感想呢……我们明天就要走了。你一个人留在这里过冬？

嗯。

要不跟我们一起回北京吧？

算了，万一有客人来呢。

我这次来，发现你有些不快乐。

没有，挺好的。

有什么事，要给我说。

好的。您不要多想了，我可能就是太冷了，熬过这个冬天就好了。

记住爸爸的话——过度多愁善感可不是什么好事。有些问题的解决办法，有时候和晚上要不要加一床被子一样简单。

嗯嗯。知道了。

好时和父亲走的时候，送了一个在香格里拉买的铃铛给她。

“挂在门上，这样，以后客人来了，你就能听见。”

风很大。

院门被吱的一声打开，又轰地关上。

铃铛响了。

但却没有人来。

姐姐：

很长时间没有给你写信了。因为，很忙。

我现在在上海给你写信。上海是《四季》全国巡演的第一站。

这座城市，和北京很不一样。很冷，很潮。酒店开了空调，仍然不暖和。

昨天，我们放了半天假，我和几个好朋友去了城隍庙，还去了淮海路。她们帮我挑选了一条牛仔裤和两件外套，都非常好看。我现在的收入要比以前高了，买两件新衣服穿没有问题啦！

我特别想去东方明珠，她们就陪我去了。坐电梯上到最高层，电梯的速度真的非常快！那上面有个透明的玻璃走廊，特别好玩。我一踩上去，腿就软了。她们都笑话我。后来，我是坐在地上，蹭过去照的相。太高了，好刺激！

晚上在外滩，我才体会到，上海真的是一座和北京不同的繁华的城市。当一栋摩天大楼打出“上海，晚安”的灯光时，我有一种说不出的感动。

这次巡演，要去好多从来没去过的地方，还可以吃到很多从来没吃过的东西。真的好期待。

明天要演出，只能写到这里。

希望你一切都好！

花衣

一场大雪过后，空气透着刺骨的寒意。

有风。

湖边的树叶片被卷起来，齐齐地偏向一边。水花轻轻拍打湖岸。她仰躺在地面厚厚的干枯的松针上，仰望那些脆弱的、开裂的树皮，绽开的松果。熨帖的孤独，如同毯子，盖住身体。风正在变大，一只肥胖的鸟，从松树上腾空而起，拍打了两下翅膀就滑翔而去。

她翻身起来坐着，用手抱着小腿，努力眯起眼，望向湖的远方，白花花的水面上方，大片的阴云聚拢过来。

白色的碎浪拍打着湖岸，把小石头冲得唰唰作响。

她看着这一切。

这样过了多久，她不知道。

风势大作。

她无法和这种叫思念的东西抗衡。她知道自己在十分强烈地思念一个人。这种思念没有方向，想写一封信，都不知道寄到哪里。

她站起来，跳进了水中。

水花在空中溅得很远。

冰冷，刺痛全身。

让她支离破碎。

# 13

记忆抖落。

令人眩晕。

应璟坐在了回北京的飞机上。

飞机有些颠簸，桌上的杯子抖个不停。

乘务员在广播，提醒系好安全带。

前几天，她又一次打开手机，看看有没有消息。

几十个未接来电汹涌而入。

《一千个吻那样深》出版了。

一飞不断地打来电话，告诉她，书火了，让她回北京参加签售活动。

一飞说：你离开北京很长时间了。回来吧！我想见见你。

她觉得有些伤感。就在一天天冷下去的时候，有人说想念她，她还真的，就有点想离开。

她黯然把“不失眠旅馆”的牌子收起来，锁上门，坐上车，走了。

她走的时候，已是深冬，远处的山顶，覆盖了厚厚的雪。

云层下面，已经天黑，云端之上还亮着。

她凝望着飞机翅膀，有云堆积在下方，像海浪一样铺展开。但，这和她所看到的云海截然不同。

飞机的速度，时常让她有些茫然和困惑。人，可以轻而易举地离开，小时之间，就到千里之外，究竟是好事，还是坏事？一对夫妻，坐在她旁边，请空乘给他们倒咖啡。他们很兴奋，因为从没去过北京。他们用了半年的积蓄买了机票，对这次旅行充满期待。北京，那座冬天下了雪，就被扫到路边堆着迟迟不化的城市，她完全是另一种心情，那个她逃离了又返回的地方。飞机没有延误，准时飞到了北京上空，侧着身子，拐弯，调整方向准备降落，应璟俯瞰下面的灯火，望着灯火通明交叉纵横的公路，往事掠过心头，就像一道黑影划过，她把目光从舷窗收回，闭上了眼睛。

走下飞机，久违的空气扑面而来。

一飞早已等候在外面。

你黑了不少。一飞一边走向他锃亮的新车，一边说。

你又换车了？

是啊！努力工作，辛苦挣钱，想买点啥，就买点啥。

他们在夜间行驶，高速路上车不多了，偶尔有对面的车亮着灯过来，然后很快地过去。

应璟凝视着窗外飞逝的树影。

今天先住酒店吧，明天我叫小时工去你家里打扫一下。

你能不能……先带我去趟“毛球”？

一飞握着方向盘吃惊地看了看她。

“毛球”是他们经常去的一个酒吧。

行啊！只要你不累，我们就去喝两杯。

一飞把车停下，然后向后倒。已是凌晨，车位很宽裕。

这个酒吧还是原来的样子。外面很冷清，只有一盏微弱的路灯照着招牌。

推开厚厚的木门，音乐声马上传到耳朵。

里面很吵闹，摆着胖鼓鼓的皮沙发，高高的吧凳，灯光该亮的地方亮，该暗的地方暗。人头攒动，但不觉得拥挤。应璟倚靠在吧凳上，接过酒保递过来的酒，听着旁边人的谈笑，这种热闹让她有些不适应，一切，都像是一场幻觉。但可以确定，是真的回来了。

女歌手在幽暗的灯光下晃动身体，用醇厚的嗓音唱着情歌。应璟喝了好几杯。一飞喝着可乐陪着她，他不能喝酒，要开车送她。

凌晨两点半，一飞把应璟送到了酒店，和她说晚安。

应璟倒下就睡了。

酒让她睡得很熟，连梦都没有做一个。

她醒过来。

一时，不清楚自己在哪里。

她感觉到一束阳光，透过厚厚的棉质窗帘，斜射进来，照在她的脚踝上，暖意融融。她的手，触碰到的，是质地柔软的床品，羽绒枕头，轻柔地托着她的脖颈。空气中，是训练有素，暗示她一切都很昂贵的香气。

噢，这是在北京。她醒了，翻身起来，赤脚踩在地毯上。

一把拉开窗帘。

高楼，高楼。

玻璃幕墙折射着阳光。

在地面投下阴影。

数不清的车和人，拥挤、嘈杂、形形色色的服装，地铁里充斥着难闻的味道，招贴画、橱窗、广告牌，各种噪音毫无遮挡，大多数人早已习以为常。

应璟刚回来，觉得一切尚可接受。

她退了房出来，拖着箱子走上街，拐进一家便利店。里面鲜明透亮，琳琅满目，一个个柜台，陈列着诱人的商品，那个摆放着各式各样的面包的柜子，让她感到温暖。

她选了几个看上去松软的面包，两盒牛奶，结账，装在纸袋里抱着出去。

冬季的小区有些萧条，但被清扫得干干净净，保安还是那个小伙子，看她的眼神，跟她从来没有离开过一样。

她在包里摸了很久，还找不到家的钥匙。只好把东西放下，把包倒过来，把所有的东西都倒在地上，好容易翻出了钥匙。

花衣早就写信给她，她已不住在这里了。

房子没有任何变化，她揭开覆盖家具的布，桌面、窗帘上灰尘很少，花衣应该不时回来打扫。

她曾担心，回来了，触景生情，再想起一些往事，会感到伤心，但这种担心没有发生。

她回到这个房子，内心平静。没有波澜，也没有涟漪。遗忘或者纪念，可以进行，也可以不进行。

她坐在餐桌边，安静地喝完牛奶，吃完面包，开始收拾房子。

拉开一个抽屉的时候，她的目光落在了一张 SPA 卡上。那是她当年花了很多钱办的。

致电过去，得知卡还没有过期。

下午，她就打车去了。

啊，按摩。久违的感受。按摩师的手指，在精油的润滑下，在脊背上滑过，恰到好处的力度。她趴在那里，头埋在头枕的洞里，看着地面摆的一钵清水，上面漂着一枝兰花。她觉得很好，很有必要，像这样，花一点钱，被人温柔地对待。

按摩完了，她顺路去看了一场电影。到了影院有什么看什么，正好有一部 4D 的影片，她出于好奇就买票进去了，结果是被椅子上的震动和敲打搞得腰背酸痛，还被喷了一脸水。唉，年龄大了，赶什么时髦！出来后，她后悔不已。回到家，她洗了澡，还是按照在乡下的作息时间睡觉了。

应璟洗完澡，把湿漉漉的头发吹干，自然垂落。化妆水的味道，是她喜欢的，淡到几乎没有。乳液很滑，抹在皮肤上很快就被吸收，既不干燥，也不黏手。三角棉，沾湿水，从手心沾取一点粉底液，一点点在脸上扑垫开去，尽管遮挡不住双颊被晒出来的细小斑点，但脸色瞬间变得均匀和光彩了。在 SPA 馆修过的眉毛根根分明，只需要用眉刷沾点眉粉轻轻带过。她不喜欢画眼线，用睫毛夹和睫毛膏稍微处理一下眼睛。再选一支哑色的口红。用粉刷把妆容固定。

就和骑自行车一样，女人一旦学会了化妆，终身都不会忘记。

她把一个小小的精美细致的钻石耳钉戴上，耳钉折射出亮光。

套上一件淡绿色的羊绒连身裙。

登上高跟鞋。

穿上一件做工精良的大衣。

拿上只需要放下手机、小钱夹、钥匙和化妆盒的手包。

就这样浑身充满活力地出门，购书中心的车在外面等她。

热情的读者和记者把门堵得严严实实，窗台上都坐了人。主持人是一飞从电视台请来的，很懂得调节气氛。应璟坐在圆形的沙发上，主持人问什么，她答什么。

读者提问的时候，她身体前倾，认真聆听，然后微笑着用温和的声音作答。这种情景，她应付自如，并不陌生。问答环节结束，是签售，一飞凑到她耳边说，你得辛苦一下，估计得有上千本。

确实很辛苦，手都快抽筋了，但她全程彬彬有礼地打招呼，接过来，签字，微笑着递过去，不时还要站起来和热情的读者合个影。

一个女孩子面带笑容地站在了她的前面。

她接过书，抬头一看。

是花衣！

咦！花衣！

意外吧！花衣俏皮地露出八颗牙。

你怎么来了？还花钱买书，我可以送你呀！应璟一边给她签名一边说。

来不及多说什么，后面还有好多人排队。

你明天有空吗？我请你参加个活动！花衣接过书说。应璟注意到她的手，已经变得更加细小、白皙和柔软。

好呀！

那我明天去找你！花衣接过签好名的书，把右手举起来，五个手指头上下滑动，做了个“拜拜”的姿势。

第二天，出乎应璟的意料，花衣既没有请她喝咖啡，也没有请她吃饭，而是把她带到了音乐学院。

冬天的校园萧瑟荒凉。道路两旁的树叶子落尽，只剩下光秃秃的树枝。天空阴云密布，随时都要再次下雪的样子。

虽是假期，但是各种线条粗犷、有着大玻璃窗的建筑里，不时有乐器的声音传来。

花衣穿着白色的羽绒服、牛仔裤，腰身挺拔，手里拿着两张音乐会的票，走路一蹦一跳，掩饰不住的兴奋。

音乐厅里暖气充足，观众们鱼贯而入。

灯光暗下来。

交响乐团的成员都一袭黑衣，在乐谱架前表情严肃。

音乐响起。

哪一个是？应璟悄悄问。

啊！你怎么知道？花衣眼睛盯着舞台，手却撒娇似的挽起她的手。

演出结束，观众散去。

她们在音乐厅的过道里等待，大厅的天花板很高，大理石的地板纤尘不染，反射出她们的身影。

那个拉大提琴的男孩就是花衣的男朋友。留着寸头，下颌生动，指法精湛。短短一个小时，她凝神屏息地进入了音乐的美妙世界，更让她感动的是，身边一直紧紧拉着她的手的花衣的凝视和笑容。

谁能想到，那个在乡村长大、有着不幸童年的小女孩，已经融入了城市，有了自己的恋人。

一个干净高大的男孩子，在人群中冒出一个头，快步朝这边走来了。很有礼貌，握了握应璟的手，对她露出坦率诚恳的笑容。

应璟温和地回应。

落座的时候，他先帮应璟和花衣拉开椅子，这个男孩，很有教养。

他和同学去看现代舞剧，满舞台的演员，他只注意到了角落里扮演小鸟的花衣。同学怂恿他在后台等她，问她要电话，她竟然说没有手机。同学都笑话他被拙劣的借口拒绝了。天生优秀，一直在顺境的男孩哪能就此放弃，就天天来跟踪观察，发现这个女孩还真的是个不用手机的人，每天在练功房悄悄练功，吃饭，睡觉，简单得像一杯白开水。跟踪来，跟踪去，有一天，女孩子回头对他笑了。

你们，都已经见过父母了？应璟有些吃惊。

对，见过我的父母了。我爸妈都是大学教授，他们特别喜欢花衣，只是，还没办法见到花衣的父母，她的父亲还没有找到……但是我们不放弃！说这话的时候，他把手，扶在了花衣的肩膀上。

应璟心里暗自赞赏男孩的父母。他们看得到花衣的珍贵，没有要求“门当户对”。

那将来是什么打算？

我正在补习英文，准备去新英格兰音乐学院进修。花衣也去。男孩说。

全国的签售，一飞全程陪着应璟。就像是一次冬季的长途旅行，整整一个多月，都住在酒店里，每隔两三天，就要坐一次飞机。签售活动之余，他们一起在成都吃火锅，在杭州看腊梅，在武汉登黄鹤楼，在南京逛博物馆，在西安吃羊肉泡馍，在深圳的海边散步，最后一站是上海，在淮海路的咖啡馆里，应璟窝在沙发里，又微微抬起身，把烟灰弹进烟灰缸，说：太累了，做完今晚的电视节目，就可以结束了。

这趟旅行，她又开始抽烟。一座座城市，让她逐渐头脑发涨，眼睛刺痛。

一飞说：过完年，来一次真正的旅行吧，你想去哪里？海岛潜水，还是开车去一趟西藏？听说春天林芝的桃花非常好看。

应璟满身疲倦，把烟头摁灭在烟灰缸：哪里都不想去，我只想回去冬眠，一觉睡到春暖花开。

她心里对一飞，是充满感激的，一个几乎挑不出什么毛病的男人，合作这么多年，他一直对她关怀备至，她早已没有把他当作一个商人，而是一个知心的朋友。

应璟。

嗯？

跟你商量个事儿。

嗯？

要不，咱俩好吧。

啊？

耍朋友！一飞知道她母亲是四川人，又用四川话重复了一遍。

玩笑？

讲真！

应璟笑了：咱俩太熟了，行不通。

熟了才好了啊，只要你点个头，就直接开始过日子，很方便的！反正我也知道你的生活习惯，几点起，几点睡，喜欢吃什么……工作上，你写完了稿子，直接放在家里电脑里就行了，都省得发邮件了……

我要是从此不想写稿了呢？

那你就当个家庭主妇啊，每天在家洗衣服，叠袜子……养个猫猫狗狗，学个插花茶艺，拍照，晒朋友圈……

喂喂，你多大了？快 40 岁的人了，还在这幻想过家家？

就是因为快 40 了，才不拐弯抹角了。

他拉过应璟的手，诚恳地说：这些年，我一直在忙，一直坚持用一种原则生活。虽然身边有过很多女孩子，但是，到了最后，还是觉得一个人好，我一个人看过很多场电影，一个人下过很多馆子，一个人住过很多酒店……这次你回来之后，我突然觉得是时候结束这种生活了。我突然觉得，我和你，完全可以试一试！你我都是年纪不小的男女，我不求成为你最爱的人，但我觉得我会是你最放心的人，我能和你过平淡的生活，我能照顾你。

应璟愣了，手在一飞的手里，一时不知道该怎么办。即便是到了一定的年纪，有些事，仍然不会在预料之中。比如，面对一个好朋友的追求。

先去录节目，此事再议！她故作轻松地站起来说。

上电视要化妆，然后坐在非常刺眼的灯光下。这让她有些不自在，一飞坐在观众席，对她竖起了两个大拇指。她给他一个“若不是为了卖书，才不来受这个罪呢”的眼神，又再次调整了坐姿。

主持人训练有素。在一番热场、介绍之后，慢慢切了话题：

你的这本书里面，先提到了婚姻，在你看来，什么样的婚姻是好的？

婚姻没有模式的。每个人，都在尝试和体会。

我觉得你这本书，最适合在困境里的人看，对在困境里面的读者，有什么要说的？

这个时候，更应该，自己支配自己，安顿好自己——不能让事情把你支配了。

你的小旅馆，开在那么美的地方，让好多人羡慕，到目前为止，有多少客人来入住了？

这个还真没去计算过，二……三十个吧……

他们都是失眠症患者吗？

不完全是。

那为什么取名叫“不失眠旅馆”？

是因为我在那里治好了自己的失眠。

赚钱了吗？

不知道……应该……没有吧……

难道没有一个报表、账本之类的？

没有。

看了你的书，连我都想去住你的旅馆了，但是，根本走不开。主持人遗憾地说。

其实，一个人，要是心里有一片海、一座森林，或者一个湖，何必去远方呢？

真的可以吗？

可以！不管在哪里，只要你睁开眼睛，打开耳朵，停下脚步，敞开心怀……如果你诚心诚意照做的话，你会发现这四个短语，并不是恶俗的空话……

主持人点点头，观众鼓掌。

应璟感到很热，背心一直在出汗，她暗自佩服每天都在这种灯光下工作的人。

能给我们说说你最近在看什么书吗？

最近忙得都没有时间看书。

那还记得上一本书看的是什么吗？

《极简宇宙史》，一个法国人写的。她回答的时候，看了一眼台下的一飞，这本书，是一飞寄给她的。

这么高深，能看懂吗？

不太能，但如果天天都看轻易能懂的书，很没意思。

说一部你脑子里马上就出现的喜欢的电影。

《杯酒人生》。

最喜欢什么歌？

《一千个吻那样深》。

莱昂纳多·科恩？

对。

应璟非常快地回答了这个问题，这个答案，真的是，马上，就从脑子里出现了。

这首歌，跟你这部小说的书名有联系吗？

有。

那好，我们现在就请编导放一放这首歌，然后看一看你的小旅馆的照片。

显然，编导做了功课，音乐声响起，他们背后的大屏幕里，马上放出了一张张经过编辑的马湖的照片。

一条土路，伸向远方。

环抱的群山，宁静的湖水。

绵延的湖岸，大鸟在湖面拍打翅膀。

旅馆的角落，阳光穿过树的叶子，投下斑驳的影子。

紧挨着墙根生长的牵牛花。

力透乌云，洒向湖面的阳光。

窗前花枝。

薄荷地。

老余在的那天，朋友们相聚晚餐的图片。

还有樱桃树下的秋千……

天啊，真的很美。主持人和观众在感叹。

应璟面带微笑，扭头看着。

谁也体会不到，此时此刻，她的内心如同被潮水淹过。

回北京的飞机上，应璟对一飞说：我要回马湖去。

一飞说：行，我和你一起去。

# 14

恰好，春天。

北方，还在融雪。

南方已万物复苏。

飞机，火车，汽车，又回到这里。和上次来不同，这一次的路途，应璟轻松愉快，连旅行箱轮子在地面滑行的声音，都悦耳好听。

远远地，就可以嗅到湖水的气息了。

马湖，就在眼前。阳光明媚，空气清冽怡人，野草从土里拱出头来，光秃秃的树枝又重新发芽了，枝枝杈杈，随风摆动，新叶闪烁着亮光，沙沙作响。快到旅馆的时候，应璟的内心激动不已。看见那棵开花的樱桃树了吗？她在蜿蜒的小路上停下来，指给一飞看。

走到旅馆，绕过围墙，应璟惊讶地发现，“不失眠旅馆”的牌子挂在门上。

一个男人在薄荷地里干活。

大沥。

他在春天刚开始的时候回来了，却发现大门紧闭，应璟远去。他打开门，打扫，整理，挂上牌子，静静等她。

应璟放下手中的包，感到心跳不已，喉咙发紧，一些不知道从哪里跑来的雾气在眼眶里多到快不能看清东西，她拼命忍住，调匀呼吸，冷静下来之后，向一飞介绍大沥。

“一个常住的客人。”

大沥和一飞握了握手，就转身继续去干活了。

应璟领一飞走进院子。

院里所有的杂草都被割掉了。一切都如她走之前那样，餐桌、躺椅，又被摆在了樱桃树下，那棵樱桃树花开得正好。白色、粉色，浸润在阳光下，蜜蜂嗡嗡，生机勃勃。

大沥满身泥土跟进来，开始整理地面上好大一卷水管。

这水管做什么用？应璟问。

浇薄荷，春耕到处引水，檐沟最近枯了。大沥头也不抬地说。

上楼梯的时候，一飞跟在应璟的身后说：这是客人吗？不说我还以为是你请的长工呢！

他是个爱干活的客人。应璟简短地回答。

她带一飞去选房间。一飞说无所谓，随她安排。但是，他在参观完所有的房间和浴室之后，问了一句：我能尽快买一个马桶装在浴室吗？

行啊！应璟笑了。你这想法跟我刚来的时候一样。不过得找人从县城带，县城没有货的话要去外面进，需要等一段时间。还有，浴室的洗澡水是直接排到野地里去的，马桶买来了，只能接一个粪桶，粪桶将来，还得自己去解决……

那也行啊！只要能先把释放的问题解决了！一飞无所谓地说。

应璟帮助他把墙上垂落的灯绳解开，拉到床头系好。做好在乡下生活的准备了吗？没有空调，没有电视和报纸，容易停电停水，上风景厕所，出门容易踩到狗屎。

你都可以，我为什么不行？

好吧！小旅馆欢迎你！应璟拎起房间钥匙，交到他手里。

一路奔波很疲惫，应璟打开行李箱，把衣服一件件放入衣柜，把书和电脑放到桌上，她洗了脸，抹了淡淡的面霜，这瓶新的面霜是她这次带来的，大大的一瓶，只有基本的保湿功效，她估计，够在这里用一年了。她换了睡衣，打开窗户，准备开着点窗睡觉。躺在乡下的床上，听着夜晚的虫鸣，应璟觉得放松和安心。

刚睡着，就听见有人在敲门，她起身开门，发现一飞在门外，神色有些慌张。

怎么了？还不睡？

有壁虎。一飞说。

应璟忍住笑。想不到一飞这样一个沉稳的男人，成功的商人，竟然会害怕一种小动物。

进来坐。她拉亮灯，把门拉开。

一飞进到房间，坐在应璟的书桌前，抬起头，目光又往墙壁、蚊帐顶、大梁上扫视过去。

每个房间都有。应璟说。

这个东西太可怕了。不但长得骇人，还明目张胆四处乱爬。而且，它们居然不怕人，发现我在看它，它就停下来，愣在那里看我，确定我被吓一跳之后，才心满意足地瞬间消失……

是啊，壁虎不怕人。看到人也不躲的，除非它发现你要去捉它……它们动作特别快，很难捉得到。

一飞心有余悸地说：我关灯，躺在床上，一想起头顶的墙上有几只壁虎在飞檐走壁，爬来爬去，心里就瘆得慌，哪里还睡得着……

你可是在非洲大草原拍过狮子老虎，和它们面对面过的人啊。咋跟几个壁虎过不去呢？

四脚蛇，这个名字听起来就够可怕的吧！皮肤又花又软，像长了脚的蛇……行动起来又悄无声息……迅速出现，又迅速消失，尤其！一想到这种动物竟然会断掉尾巴之后，再长出一根新的来……说到这里，一飞的脸都有些扭曲了。

应璟笑了：那怎么办？这市面上，我听说过苍蝇药、老鼠药，从来没听说过壁虎药的。而且，你是后来者，人家壁虎可是在这里生活了好多年了。凭什么你来了就要把别人消灭？

我没说要杀死啊！赶走也行啊……你作为旅馆的老板娘，得解决客人的需求！

啊……这个，我回头去问问吧……不过说真的，最好的办法还是改变你自己，学会和它们和平相处，你只要不去招惹它们就行了，而且你要想啊，它们是性格温顺、无害无毒的小动物啊，还是吃蚊子的高手，这乡下蚊子特别多，要是没有它们，说不定夏天还没过完，你就贫血了……

唉唉唉……一飞确定应璟并没有诚心要帮他消灭壁虎的意思，站起来，你睡吧，我不和你瞎扯了……

应璟看着一飞的背影，忍着笑说：那你怎么办？能睡着不？

一飞甩下一句，我开着灯睡！就消失在门口。

那个晚上，应璟也没有睡好。

隔壁扑腾了一个晚上，一会儿是书本扑墙的声音，一会儿是枕头拍墙的声音。

第二天吃早饭的时候，一飞吊着两个浓重的黑眼圈，疲惫不堪。大沥坐在一飞对面，稀里呼噜喝完稀粥，吃完了咸鸭蛋，把手伸进上衣口袋，掏出一个小盒子，递给一飞。

这是什么？一飞接过来。

樟脑油，抹在你房间的墙角、蚊帐、桌子上，要是不怕这个味道，枕头旁边也可以抹一点……壁虎不喜欢这个味道。大沥面无表情地回答。

谢谢！谢谢！一飞如获至宝，二话不说就上楼实施去了。

应璟感激地看着大沥：想不到你还懂这个，管用吗？

大沥说：我也不知道，反正没坏处，多少能起点心理作用吧，过一段时间，他适应了就好了……

应璟点点头，若有所思，又充满忧虑地说：是啊，适应完壁虎，到了夏天，就该适应比小指头还粗的蚯蚓，以及又黑又亮的蜈蚣了……

大沥一直在沉默地干活。

在雨季来临之前检查了房顶，维修了有隐患的地方，替换了老旧的电线，把土墙上干枯的牵牛花藤清理干净，重新绕着围墙栽种了一株丁香和十几株高及人膝的栀子，看得出来，他对种花已经入了迷。忙完了这些，他又不知从哪里拉来了一块粗糙的大石头，准备打磨成一个大茶盘。他每天都在做这件事，磨啊磨，有时磨到深夜，早晨，应璟醒来，又听见院子里打磨的声音。

饭时常是应璟做的，做好了就把他俩叫过来一起吃。吃饭的时候大沥的话也很少，闷头吃完，就放下碗筷继续去干活。

一飞在得知大沥的职业之后，非常好奇，有一天，主动跑过去和他聊天，问他有什么作品。

大沥回到房间，拿了几本地理杂志递给他。

哇！想不到，你这个爱干活的客人，拍照真的拍得很好！一飞在和应璟在湖边散步的时候，由衷地赞叹道。

是啊，确实很好。

他就是你小说里写的那个人吧？一飞问。

应璟扭过头鄙视地看着他，你都是做出版多少年的人了，怎么也有看书拿角色往人身上套的毛病呢？

呵呵，就是他！一飞捡了个石头，侧着扔到水面玩了个“水上漂”，肯定地说。

你觉得是，就是吧。应璟踢着脚下的小石头。

哎！我这两天一直在想怎么帮你宣传你的小旅馆。我想了一个几全其美的方案，我说给你听啊——1. 在蚂蚁窝、去游网这样的旅行网站，建立马湖这个地方的主页，在人们搜“湖”、“清净”这样的关键词的时候，就能找到它，然后再找住宿，就是你的店了。2．我帮你报名参加“中国最美民宿”的评选，并动用所有的朋友关系帮你投票。3．挂到民宿预订网上去，把店主作家的身份亮出来，你那么多读者，还怕……

一飞！应璟打断了他的话，你先好好待一段时间，好好感受乡下的日子，那些事，真的不着急。

一飞明显感受到了她的抵触。不说了，继续捡石子，扔湖里。

春天，晴朗宜人。

一飞每天早晨都要被树上的喜鹊叫醒。

院子里植物萦绕，绿意盎然。那几株栀子冒出了花骨朵，个个饱满，欢快明亮，可能明天就会绽开。

偶尔有客人来，短暂地停留，又离开。

一飞把公司托付给了信任的人，但是仍不放心，每天都在打无数个电话。乡下有时信号不好，就见他在院子里焦躁地不停走来走去。

应璟在堂屋里掸柜子上的灰尘。

大沥进来对她说：

我明天要上山。

应璟心里忽的一下，她回头，用冷淡的语气问他：你不是从来都来去自由，不打招呼的吗？

大沥有些窘迫，他抱歉地看着应璟：上次不告而别，是因为……我觉得安娜在这里，已经对你造成伤害……我必须带她离开……我想处理好了，再回来……所以，我带她走了，回去住了医院——已经来不及做手术了，她最后还是……

大沥！应璟打断了他的话。你不需要对我做任何解释。说完，她就出去了。

跨过门槛的那一瞬间，她的眼睛有一点湿润。

尽管知道安娜早晚有一天会离开，但此时此刻，她心里非常难受。

大沥出去的那段时间，樱桃一天比一天红，很快就吃得了。

应璟每天都摘一些下来，给客人房间送一些，给朋友们送一些，剩下的，放进竹篦子，拧开水管，一通冲洗，稀里哗啦，一个个小果实变得更加亮光光的，抓一把放嘴里，酸甜可人。

北方没有这样的小樱桃，一飞十分欣赏这种吃法，嘴里含含糊糊地说。

嗯，这东西太娇贵了，不到一个月就过季，我估计大沥是吃不到了。她在篦子里一边挑大个儿的和红的，一边说。

一飞看着她。

应璟注意到了。

吃醋了？

没有。

没有就好，还吃吗？还吃我再摘点。

算了，给大沥留点吧！

哈哈，别给他留，咱俩全吃完！说着，她又扛梯子去了。

马桶终于到了，比预计到达的时间还长。

一飞大大地松了一口气。

应璟挺心疼她这个朋友，这段时间，竹林下的那个风景厕所可真是难为他了。风吹日晒，还没有门，只有一排竹子做个遮挡……刚来的时候，她也是很不适应，后来，感受到了蹲坑的时候看竹影婆娑，感受太阳晒屁股的美好，就欣然接受了。

一大早，她和小熊约好了去山上采蕨菜，顺便把一飞也从床上拉起来，他来了这么久，还没上过山呢。

野蕨菜，长在半山上，从泥土里钻出来，愣头愣脑地冒出小卷头，清香扑鼻。必须在这个时候，用手掐住最嫩的部分采下来。

今天，是它们鲜美的时候。有可能到了明天，就长成一片叶子了！小熊说。

应璟对这种野菜心仪不已，手脚并用地奋力采摘。一飞呢，听从小熊的指挥，负责去找一种茎叶强韧的野草，把叶子撕成条状，将掐下来的蕨菜一把一把束捆起来。

采了几把，应璟手指尖就沾了许多黏糊糊的汁水。闻一闻，很腥气的。

差不多了，走，到湖边去洗手。小熊又发号施令。

来到湖边，风在湖面上扯起一道长长的波纹。他们蹲下来，把手洗了，顺便把蕨菜也洗了。

回到旅馆，把蕨菜再淘洗一遍，用手撕开，烧开水氽一下，放点盐、蒜末、辣椒油，拌一拌，就是香脆肥嫩、极好的美味。

有毒吗？一飞有点犹疑。

不敢保证，我们这里有人吃了以后，舌头变大，幻听幻觉，大笑不已，神经都错乱了。小熊严肃地说。

啊？一飞的筷子停在了半空。

骗你的啦！应璟夹了一筷子给一飞，你放心吃吧！

栀子花开了，白白净净，香气曼妙迷人，是应璟的心头至爱。

她摘了一大把，扎成花束，笑嘻嘻地对一飞说：这是我见过的、最漂亮的手捧花了，我拿去送给新娘子！

今天有人结婚，请了应璟，她上午就要过去帮忙。

她交代一飞说：今天不做饭了，等我回来叫你吧。

说完她就跑了。

一飞一个人留在旅馆，准备洗衣服，没有洗衣机真是很不方便，他抱着脏衣服走出房门，看见应璟上山穿的那双沾满泥土的球鞋摆在门口，顺手就拿了起来。

大沥回来的时候，看见一飞正蹲在地上，在水缸旁边吃力地给应璟刷鞋。供销社买来的肥皂太大，塞到鞋洞里，根本无法抹匀，他只好把肥皂拿出来，放在地上，用刷子在上面蹭，等刷头都抹上肥皂屑之后，再沾点水，塞进鞋洞里刷洗。

大沥看了几秒，才大踏步进了院子。

你回来了！一飞抬头打招呼。

大沥没理他。

中午不做饭，去参加婚礼。一飞对他大声说。

嗯。大沥用背影回答他。

普普通通的一个周三，又一场地地道道的乡村婚宴。

应璟早已不陌生，上午就来坐在一群妇女中间，帮忙理了两捆葱，下午又帮忙剥了两盆蒜粒。还没等作料切好，来了一场过云雨，突如其来，噼里啪啦，应璟和农妇们都躲到了屋檐下去。主人家早有预料，主厨的几个大灶早就搭上了棚子，继续热火朝天炖肉蒸鱼。雨打在塑料布上，汇聚到一起，变成一股水，滑落到地上，很快把泥土冲出了一个小坑。这雨不小，把堆积如小山的锅碗瓢盆打得砰砰作响，应璟说：一会儿又得把所有的碗洗一遍，几个农妇马上纠正她：不用洗，不用洗，雨水嘛，天上下来的，干净着呢！

一眨眼的工夫，天上的那团乌云过去了，露出光芒四射的太阳，照得湖面闪闪发光。一道大大的彩虹清新明亮地挂在山湖之间。

人们又把东西搬出来，继续忙碌。

快开饭了，应璟请人舀了一点水淋给她，把手上的蒜味洗掉，就跑回去叫一飞。

看见大沥回来了，她就说：一起啦！你们快点！

大沥正在磨他的茶盘，听见应璟催促，就放下工具，去洗了个手，走到她的身边。

一飞还在楼上。

一飞！快点！

马上马上，马上下来。一飞在他的房间里大声说。

但是他并没有马上。

应璟脖子都仰酸了，还是不见一飞下来。

他干吗呢？应璟问大沥。

我不知道啊。大沥耸了下肩膀。

这人怎么这么磨蹭！我去叫他！应璟拔腿就准备上楼。

一飞下来了。

西装革履，还喷了香水。

应璟用手把眼睛捂住：大哥！你的皮鞋太亮了，刺瞎了我的双眼！

一飞抬头挺胸走向他们，我擦半天了。

大沥用一种想笑，又尽量平静的语气说：在乡下赴宴，不用穿得这么正式……

我知道！一飞说，但这是我对自己的要求。

大沥无话了。他脚下那双鞋，沾满了泥土和汗水，从山上回来，还没来得及换呢。

好吧好吧，你想穿成什么样都行，应璟说，但你能把领带摘了吗？不然我怕一会儿，有人错把你当作新郎就不好了……

一飞想了想，认可了应璟的建议，把领带摘了，跟他们出了门。

唢呐声、鞭炮声不断，新娘和新郎端着盘子迎上来，笑嘻嘻地接过红包，往大沥和一飞嘴里一人塞了一根烟，一飞连连摆手，还没来得及说不抽，就已经被点着了。

今天的流水席，菜品特别丰盛，应璟之所以那么着急叫他们来，就是馋得不行了，那盘鲜红油亮的凉拌鸡，还有加了辣椒面的粉蒸肉，都是她的最爱呀。

她夹起一块凉拌鸡，很热情地招呼同桌人吃，大家都尝尝啊，这道菜——蒜是我剥的。

一飞坐下来。这种长条凳，硬得硌屁股，矮到肚子上方的四方桌让他不太适应。再加上紧绷的西裤，以及地面雨后的泥水，更是让他不舒服，更让他不自在的是，和很多陌生人同桌——他左边是应璟和大沥，右边是一个抱着竹筒，咕嘟咕嘟抽水烟的老爷爷，再过去是一高一矮两个圆脸蛋的姑娘，一个跟着奶奶来的小男孩坐在他对面，吊着鼻涕龙，衣服上沾着白米粒，目不转睛地看着他。

凉菜之后，热菜也上来了。

一飞从衣服内侧的口袋里，掏出了一个长条形的盒子，里面有一双筷子和一个勺子。

讲究啊！大沥看见了，带点嘲讽意味地说。

不是讲究，这是习惯！应璟帮忙解释，一飞注重环保，走到哪里都自己带筷子的……

是吗？环保人士？刚才我看他给你洗鞋，那水可是没少浪费。大沥拿起一瓶白酒拧开，给抽水烟的老爷爷先倒上。

啊？！应璟窘迫地把脸侧向一飞，小声说：你给我洗鞋啦？

啊！一飞坦然地说，我洗衣服，看见你的臭鞋，顺便给洗了，怎么了？

应璟非常不好意思，更小声地说：你以后别洗了。

一飞说：以后看情况吧。

大沥拿起一个空碗，倒上了白酒，自顾自地开喝了。

蒸鸡、红烧鱼、红烧肉、大肘子、蘑菇炒火腿、酥肉汤……都上来了。应璟甩开膀子开吃，只放了红糖和黄酒蒸出来的红烧肉，和她之前在全国各地吃过的，都不一样，切成方墩子，甜糯甜糯的，一连来上两块都不腻；红烧鱼放了辣椒末，特别辣，辣得人口水直冒；炒火腿的蘑菇，样子又黑又丑，味道异常鲜美。她夹了一块给一飞。

一飞问：这是什么蘑菇？

应璟说：我也不知道。

对面那个小孩的奶奶举着筷子，热心地介绍：我们这里的人都喊它，牛屎菌。

蘑菇本来就奇形怪状，再被人这么一介绍，一飞是彻底不敢动筷子了。

喝点吗？

大沥拎起酒瓶子问他。

不了，谢谢。他连连摆手。

一飞很快就吃完了，他把筷子放回盒子，从口袋里掏出叠得方方正正的手帕，擦擦嘴，发现大沥又用一种看怪物的眼神看着他。他不管这个，这是他的习惯，在北京或是出差去外地，都是这样，能不用外面的餐巾纸，就不用。他慢腾腾地收起手帕，一层一层地叠好，慢慢放回口袋里。大沥受不了他的慢动作，不想再看了，腾地站起来，端着酒就去找阿彪他们去了……

一飞看着他的背影，嘴皮一动，给了两个字：粗野！

应璟又夹了一块红烧肉，看着大沥离去，她知道他俩在来劲，不想管，继续吃。

那边整新郎新娘开始了。

一飞坐在应璟身边，看着那边的热闹，犹如一个局外人。

这么低俗的游戏，什么时候才能改？一飞看着推搡笑闹的人群，忍不住评论了一句。

应璟看了他一眼，本来想说一句，大家高兴就好。但是又觉得这不是三言两句就可以争论完毕的事情，就住嘴了。她放下筷子，站起来，心满意足地摸了摸肚子，打了个响指，说：走！回府！

天色将晚，夜风温柔。

一条小路通向旅馆。

大沥喝得面红耳赤，走在左边。

一飞逆着风，点燃一根烟，走在右边。

天空还有最后一丝霞光，归鸟挥动翅膀。他们经过老旧的农屋，听着被撵回家的鸡鸭叫个不停，星星一点一点地出现在静谧安宁的天空。

应璟大大地呼吸了一口傍晚的空气，说：天气暖和了，明天，我们开始种点蔬菜吧。

种什么？一飞说。

还是种最好种的，黄瓜、西红柿、豆角、茄子。

行。大沥说。

一头壮硕的老牛走过来和他们迎面相逢。他们三人齐刷刷挺胸抬头，侧身，站成一排让路，让老牛走过去。

这牛我认识，能自己找到回家的路。应璟对一飞介绍，是个好奇心可强的老家伙！我刚来那会儿，房子还没修整好呢，它天天从我门口路过，总要驻足观看一会儿，然后再慢腾腾地走掉……

哎呀！正走着的一飞突然喊肚子痛，附近哪里有厕所？肚子不对劲。

他弯下腰，浑身都紧张起来。

应璟四处看看，判断了下位置：那去马活家吧，他家最近。

有多远？

走五分钟。

五分钟叫近吗？一飞捂住肚子，弯着腰，汗水都要下来了。

怎么这么突然，吃坏肚子了吧？应璟关切地拉住他的胳膊。

自带筷子了啊，卫生应该没问题啊，肠胃太娇嫩了，我和应璟都没事。大沥说。

要不，就在旁边这个老乡家吧，我去打个招呼。应璟关切地提议。

肯定不行！大沥说，这家厕所我去过，一个吊脚楼，搭两块木板，距离有这么……宽。他用手比画了个80厘米：蹲坑约等于劈叉了……而且那块木板距离粪坑，有5米高，你想想吧，万一踩不稳……

一飞捂住肚子，皱着眉头，连连摆手。

要么就再往下走，还有一家。应璟看见不远处有灯光。

不行！大沥又否定说，他家厕所是和猪圈连在一起的，你肯定不愿意在一群猪面前脱掉裤子吧……

一飞连连摆手，连连摆手。

应璟扶着一飞的肩膀，瞪了大沥一眼。

那怎么办？要不你就在这棵树后面吧。你放心，天黑了，谁也看不见。应璟一脸担忧，怕一飞憋出毛病来。

对啊！没带纸巾你有手帕呀，实在不行，我帮你折点树枝，捡两块石头……大沥又在接话。

不行！打死我也不会在树下的。我必！须！用马桶！必须！一飞此时已经是汗津津的了。

就不能突破一下自己吗？大沥说。

突破不了。要不这样，我先跑步回去，你俩慢慢回来。话刚说完，一飞就已经跑出去几米远了。

哈哈哈哈！应璟终于大笑起来。

咦，他不是你好朋友吗？怎么这么笑别人？大沥问她。

哈哈哈哈哈！应璟擦擦眼泪。

大沥看着一飞狼狈消失的背影，气宇轩昂地用一飞刚才评价他的那个语气说了两个字：

太装！

两个男人之间的明争暗斗，在悄然发生。

谁也看不上谁。

大沥在磨茶盘，一飞在楼上大声说：能小声点吗？别只顾自己。

竹椅坏了，一飞想拿去修，却被大沥一把抢了过去：你只会越修越坏。

大沥和朋友熬了一个通宵去抓了一袋子木怀（一种野生的、味道极其鲜美的蛙类），打算清炖成汤，让应璟尝尝什么叫人间至味。掉头的工夫，就被一飞全放了，气得大沥直跳脚。

一飞太过精致，对乡下的生活，还在努力适应。如果手机没了信号，他就要发疯了！

他和应璟也会有一些分歧，为了帮助应璟的“生意好起来”，一飞想方设法利用自己的资源来宣传“不失眠旅馆”，但很多做法应璟并不同意。

争吵多了起来：

你开店的目的是什么？一飞很不理解地问。

就是开店啊。

一点都不为了赚钱？

钱不重要。

所以，你是拿自己的稿费来养这个店？问题是你能养一时，养得了多久？你今年开始写稿了吗？一飞追问。

听到这样的话，应璟也有点生气了：你不要用出版人的语气跟我说话，我写不写稿，你不用操心，可能对你来说，赚钱是第一，但对我来说不是。

赚钱第一怎么了？有什么错？可耻吗？一飞也急了。

谢谢你所有的好意，我们不说了，好吗？应璟决定在气氛变得更糟之前结束谈话。

好吧。

晚上有人请吃孩子的满月酒，你去吗？她想转换话题。

怎么三天两头去吃酒啊。

在乡下就是这样啊。都是人情啊，人家喜欢你才请你。

不去，一飞还没从刚才的坏情绪中转回来，他直接拒绝，我怕再吃坏肚子。而且，我也不想和一些乡下人在一起。

为什么？乡下人怎么你了？

你不要以为他们都好得很，都是一些碎嘴的人，当你的面笑眯眯地打招呼，只要你转过身去，就开始叽里呱啦地议论你……一飞一脸的鄙夷。

议论我？议论我什么？应璟挑挑眉毛。

不好听的话我不想复述，简单点说，就是说你带了两个男人回来……

哈哈哈哈哈哈哈，应璟笑开了。

花衣的信——这次是一张明信片，画面是波士顿的蓝天白云：

姐姐：

能轻松想见，如果没有遇见你，我将度过怎样的一生。

谢谢你的一句“交换”，带来了我的海阔天空。

花衣

初夏，村里有一件大事——乡村公路开通了。

再加上一飞之前做的一些营销工作见了效果，旅馆的客人一下子多了。

房间明显就不够用了。

应璟把他们叫过来商量，总共四间客房，不可能我们仨就住三间吧。所以，从明天开始，你们两个住一间！

什么？！

两个男人同时跳起来。

按理说，客人多了，这是一飞做营销的初衷，但他却开始了埋怨：

有些客人，总是喜欢在房间里，开着房门，在里面大声地讲话，声音传遍整个房子。为什么就不能关上门，轻柔地说话呢？两个人而已，需要那么大声地交流吗？还有那些在房间里抽烟的，烟头还不扔进烟灰缸，直接踩在地上……昨天那个女人，穿着高跟鞋在房间里叮当走路，明明配备了拖鞋！她来了以后，整个旅馆都是她的香水味，到底抹了多少啊？厨房里都飘进去了，我闻了一整天，现在脑子都闷闷的。还有一天，我走进洗手间，居然有人没冲马桶……真的，这些人一来，好地方都被糟蹋了！

一飞痛心疾首的样子，让本来觉得没多大事的应璟也紧张起来。

应璟劝说他调整心态，开旅馆，总得遇见这些事情，大多数客人都是好的，这不能否认吧？我们可以做一些事情来改变和提醒，比如，直接去提醒他们关上门聊天，换一个自动冲水的马桶……

你以为换一个自动冲水的马桶那么容易吗？这么个破地方，换个水龙头都要找人从县城带回来……

应璟心里一惊，一飞脱口而出的一句“这个破地方”触动了她。这是她亲手改造的房子，这里的人们帮助和爱护她，所以，她听不得任何人这样说。

当天晚上，她躺在床上想，一飞在这里，确实在受苦。

过了几天，又发生了一件事情。

一飞在房间工作，大沥在楼下浇花，应璟在薄荷地里浇水。

客人去爬山了，把带来的五岁小男孩交给应璟帮忙照顾半天，应璟去薄荷地干活，就让小男孩自己在院子里玩。小男孩撵了会儿公鸡，荡了会儿秋千，就爬到二楼的过道里，抱着根木棒玩枪战的游戏，biu，biu，biu……

一飞在房间里，正因为带去的无线网卡很慢而焦躁不安，外面的噪音不断刺激他，他终于忍无可忍，打开房门冲小孩大喊：到别处去玩！这是公共场合，你家大人没教过你吗？

五岁的小孩，从来没被大人这么吼过，吓坏了，扔下木棒就跑回房间，扑在床上，屁股撅向天空，大声号哭起来。

大沥放下手中的水管，跑到楼上，靠在门边，不动声色地看了一眼一飞，又跑到小孩的房间去哄他。

如果是大沥，他不会这样处理问题，可能只是一个把手指按在唇上的动作就可以解决。

一飞知道大沥的抗议，但他还在气头上。他追到小孩的房间，没好气地说：对待这种没教养的孩子，就得这样说话！

本来已经哭声减弱的小孩，又提高了八度。

大沥愤怒地看着一飞。

应璟听见声音赶上来了，她把小男孩抱在怀里，轻轻拍着他的背。

大沥起身，回了自己的房间。一飞看他走的时候与自己擦身而过，连看都不看他一眼，火冒三丈地说：他什么意思？要是轻蔑我，就出来打一架！什么意思？

一飞，我们聊聊行吗？应璟觉得是时候了。她把孩子哄好，给了他一张白纸和一支笔。然后示意一飞去她房间说。

一飞进到房间，坐在床沿，把脸埋进手里。

他其实，非常非常苦恼。确实，曾经，发自内心地欣赏和喜欢这个女人，真的想放弃一切，跟她在这个偏远的地方生活。但是，那些决心，在到了这里的日日夜夜之后，逐渐淡去了。

应璟坐在他身边。

来这里之后，好像随时都会做错什么。一飞苦恼地说。

这不怪你，一飞，而是这里的生活不属于你。应璟说，你是属于城市的，属于你的工作的。哪怕每天堵在三环路上，你也会觉得比在这里过得安心和实在。

我已经尽最大的努力适应这里了！

你要是真属于这里，就不需要适应。

……

……

然后，应璟也不知道该怎么说了。但是她知道，她想说的，一飞都清楚。就像一飞此刻心里在想什么，她也都知道一样。

他们静坐了很久，一只飞蛾在玻璃窗附近撞来撞去，扑簌簌的声音弥漫在寂静的屋子里。

你应该回北京去，一飞。应璟说。

一飞沉默不语。

一飞走了。

巨大的热情，必然伴随巨大的失落。

应璟去送了他。

你多保重。

你也是。

他们之间，不用再说更多了。

送走一飞，她回来，像往常那样，做了饭，洗了个澡。坐到院子的平台上去，望着湖水，静静地坐着，等待黄昏的降临。

大沥不知什么时候，来到了她的身后。

热风吹过，在遥远的地方，灯火正通明，明天的明天，一飞就会抵达。

# 15

她曾心灰意冷，满眼泪水地躺下。
但如今，她可以重新爱人。

两年以后。

阿彪在广播站里，对着话筒喊：

“不失眠旅馆”的应璟女士，“不失眠旅馆”的应璟女士，请你听到广播后，马上到广播室。

应璟正在和大沥合力将一大筐晒干的薄荷叶交给收购人称重，听见了广播，她赶紧放下手中的活儿，朝广播室跑去。

快来快来！我想请你帮我把关一下，我这个演讲稿行不行？阿彪拿了一叠纸递给她。

哎哟！我还以为是多大的事情，把我跑得这么累！应璟擦擦汗说。

这个小镇，终于实现了阿彪的愿望，成为了一个热闹的旅游小镇。

“千吻之湖”成为无数追求真爱的男女心中最向往的地方。

清新的空气、纯净的湖水、原始的森林，让梅雨成为驴友和背包客的最新目的地。一到节假日，就人山人海。

阿彪马上要到县里去接受嘉奖。他十分紧张。

应璟看了演讲稿，帮他改了两个错别字，递给他说：不用紧张，心里是怎么想的，就怎么说。记住，语速放慢，越慢越好。没问题的！

那你看看我这个西服还行吗？阿彪站直说。

应環仔细看了看阿彪穿的格子西服，虽然她觉得衣角稍微有些起翘需要再熨烫一下，但是，没时间了，所以她点点头，说：行呢！气派！

阿彪自信地摸了摸头，将玻璃窗当镜子又照了照，还感叹说：原来，不需要任何的“景点”和“项目”就可以把旅游做起来。好多人来了这里，就是为了“不失眠”！

应環笑了，催阿彪快去坐车。

从广播室出来，她去马活的饭馆看了看。结了婚以后，旅游渐旺，他和曼丽各自拿出积蓄，在街上开了一家饭馆。马活想当个厨师的“终极梦想”终于实现了。

那条街，已经不是只有赶集的时候才热闹了，人们纷纷在拆造房子，街上充满了湿沙和水泥的气味。到处都是打桩声。村民们摆摊的摆摊，当向导的当向导，忙得不亦乐乎。

这里开始热闹了，终将更加热闹下去。

应璟回到旅馆，一对夫妻已经在院里等候多时。

他们来找应璟谈，想收购她的旅馆。

在他们之前，已经有很多人来找过应璟了。他们中的大多数都希望接收旅馆，并且表示，旅馆天天爆满，房间明显不够，如果应璟愿意交给他们来管理或者接手的话，他们可以将房子加盖，缩小院子面积，多盖出十几间房出来。那收益，可想而知！

而这对夫妻让应璟觉得亲切，他们五十岁左右，先生是个摄影师，太太是画家，两人的孩子考上大学之后，他们就一直在国内行走，寻找理想中舒适的养老地。来到马湖后，先生说，终于找到我们满意的地方了。那位太太诚恳地对应璟说：你放心，我们会珍惜这个房子，珍惜你之前做过的每一样东西，会帮你照顾好每一棵花草。薄荷，我们也会继续种下去。

应璟打电话给花衣，花衣说：如果你不住了，就帮我把房子卖掉吧！我不打算回去了！

花衣已经走远，有了她自己的人生。

应璟和大沥转让了旅馆，离开了这个热闹的小镇。

不管谁来，谁走，不管应璟去了哪里，时空怎么交错，这里，这座山，这个湖，始终在这里。

好多年以后。

在北京。

一飞带着他的孩子和太太，在一个狭窄的胡同里骑自行车。

飞速骑过的一瞬间，他突然刹车，回头，看见一个不起眼的小门。门口种着花草。

小门上，挂着两个牌子。

一个写着“OPEN”。

一个写着“不失眠旅馆”。

他微笑。

然后和太太孩子离开了。